KB066722

정보원 **상**

정보원 ㉠

북의 간첩

홍상화 소설

한국문학사

북의 간첩

프롤로그

1950년 4월 말경의 어느 날, 밤이 꽤 깊었는데도 화신 백화점 뒤켠에 있는 종로경찰서 건물 창문에서는 여느 때와 마찬가지로 불빛이 새어나오고 있었다.

무심한 표정으로 정문을 지키고 있는 순경 옆으로 열 여덟 살 정도 되어 보이는 한 소년이 정문을 나와 그곳 에서 잠시 멈춰 섰다. 머리를 박박 깎은 데다 흰 겨울 내 복 상의를 입은 소년은 옆구리에 교복 상의와 학생모를 끼고 있었다. 소년은 구겨진 학생모를 눌러 쓰고 교복에 팔을 끼면서 주위를 두리번거렸다.

그때 한 청년이 소년에게 다가왔다. 눈길이 마주치자

청년은 소년에게 길 건너 서 있는 검은색 승용차를 턱으로 가리켰다. 그들은 아무 말 없이 한적한 길을 건넜다. 소년이 차 옆에서 머뭇거리다 뒷좌석 문을 열고 들어가자 청년은 운전석에 앉았다.

달리는 차 속에서 소년은 옆에 앉은 아버지의 모습을 곁눈질로 힐끗 보았다. 아버지는 창밖에 시선을 두고 있었다. 그들 부자는 아무 말도 하지 않았다. 차가 집 앞에 도착했을 때 며칠 밤을 뜬눈으로 새운 어머니가 문 앞에서 기다리고 있었다. 어머니는 차에서 먼저 내린 아버지에게는 눈길도 주지 않고 뒤따라 내리는 아들의 손을 이끌고 얼른 부엌으로 데리고 갔다. 아버지는 대청마루로 올라갔다. 그곳에 놓인 소파에 깊숙이 몸을 파묻었다.

아들을 부엌 마루에 앉히고 어머니는 음식을 차려주었다. 하나밖에 없는 외아들 옆에 앉아 이리저리 매맞은 흔적은 없나 어머니는 살펴보았다. 아들은 형사가 심문을 할 때 조금도 굴하지 않고 할 말을 다 했으며, 고통이 심했으나 적색 삐라를 같이 뿌린 친구들의 이름을 대지 않았다고 자랑스럽게 말했다. 어머니는 그런 무용담은 귀에 들어오지 않는다는 듯 아무 말 없이 고개만 끄덕이며 아들이 차려진 음식을 다 먹기만을 기다렸다.

아들이 마지막 숟가락을 뜨고 숭늉을 비우고 나자 어

머니는 대청마루로 아들을 데려갔다. 대청마루에서는 아버지가 아까부터 한 손으로 턱을 고이고 눈을 감은 채 아들을 기다리고 있었다. 아들은 아버지가 앉아 있는 소파 앞에 꿇어앉았다. 어머니는 부엌으로 다시 가 상을 치우면서 온 신경을 대청마루 쪽으로 기울이고 있었다.

아버지는 그동안 화를 삭이려 애쓴 듯 한숨을 내쉬면서 눈을 뜨고 아들을 보았다. 그리고 눈을 다시 감은 채 들릴락 말락 한 낮은 음성으로, 꿇어앉은 채 고개를 숙이고 있는 아들을 향해 입을 열었다.

"와 했노?"

"……."

아들은 잠자코 아래만 보고 있었다.

"니가 뭐 안다고 그라노?"

아버지의 목소리가 조금 높아졌다. 아들은 그저 시간이나 길게 끌지 말고 아무래도 겪어야 할 상황이 빨리 끝나기를 바랄 뿐이었다. 그저 포근한 이부자리 속으로 들어가고 싶은 마음뿐이었다. 뒤꼍으로 난 유리문을 곁눈질했다. 그곳에는 장작개비들이 차곡차곡 쌓여 있었다.

"빨리 대답해봐라, 이노무 자슥아!"

아버지의 언성이 높아지면서 숨소리가 거칠어져갔다. 아들은 자신의 숨소리를 아버지의 것과 맞춰보았다. 따

라가기에 급했다. 아무 말이라도 한마디 해야 아버지의
숨소리가 더 빨라지는 것을 막을 수 있을 것 같았다.

"잘못했심더."

목구멍 속으로 기어 들어가는 들릴락 말락 한 소리였다.

"뭐라고? 잘못했다 카문 다 되나?"

아버지가 눈을 뜨고 그에게 한심하다는 시선을 주며
다시 물었다. 과거에도 여러 번 이런 경우가 있었으므로
그는 더 이어질 아버지의 할 말 순서를 다 알고 있었다.

"인자는 친구들한테 창피스러워서 길거리도 다니지 몬
하겠다. 이 미친노무 자슥아!"

아들은 '쇠똥' 이야기가 나올 차례라고 생각했다.

"쇠똥도 안 버껴진 놈이 무얼 안다고 지랄이고?"

이럴 땐 그냥 입을 다물고 있는 게 상책이었다.

"또 할래? 안 할래?"

아들은 또 할 것이라는 데는 조금도 흔들림이 없었다.
혁명 사업을 포기한 배신자 아들을 둔 아버지와 어머니
로 부모님을 욕되게 할 수는 없기 때문이었다.

"또 할래? 안 할래?"

아버지가 더 큰소리로 물었다.

"잘 모르겠심더."

아들이 고개를 숙인 채 나직이 말했다.

"뭐라고, 이노마가…….."

아버지의 숨소리가 더욱 빨라졌다. 잘못하면 쓰러질지도 모른다는 걱정이 앞섰다.

"안 하려고 노력하겠심더."

"뭐라고? 노력해보겠다고? 이노무 자슥이…….."

아버지는 일어서려다 급한 숨을 몰아쉬며 풀썩 주저앉았다.

"안 하겠심더."

아들은 단호하게 말했다. 그러나 그것은 아버지가 쓰러지는 걸 막기 위한 거짓말이었다. 이 정도는 동지들도 이해하리라 믿었다.

"벌써 이게 몇 번째고? 안 하겠다고 캐놓고 와 자꾸 미친 지랄을 하노? 그러다가 니 명대로 살겠나?"

혁명가의 목숨은 어느 때고 혁명 완수를 위해 기꺼이 바칠 수 있다는 걸 아버지는 모르는 것 같았다.

"니하고 같이 삐라 뿌린 놈들이 누고? 와 이 자슥아, 형사한테 불지 않았노?"

이제는 정말로 곤란했다. 아버지가 형사 역할을 하게 되면 아버지와 아들 사이가 어찌 되겠는가. 아무리 혁명 과업이라 해도 그것만은 희생하고 싶지 않았다. 그렇게 되면 어머니가 얼마나 슬퍼하실까. 무슨 일이 있어도 어머니만은 불행하게 하고 싶지 않았다.

"와 안 댔노? 그노마 자슥들, 그 못된 놈들을 뭣 때문에 보호해주노?"

아버지는 파고다공원에 모인 대중에게 함께 삐라를 뿌렸던 동지들의 부모를 만나본 모양이다. 조금 있는 땅마지기 팔아 공부시키려 서울에 보냈더니 이 지경이 되었다는 그들 부모의 하소연을 듣고는 그의 동지들을 불쌍한 부모에게 불효하는 못된 놈들로 단정해버렸음에 틀림없다. 차라리 자리에서 얼른 일어나 뒤꼍으로 난 유리문을 열고 장작개비를 가져다 아버지 손에 들려주고 싶었다.

"댈래? 안 댈래?"

"……."

"그노마들도 빨리 정신차리도록 해야 불쌍한 부모들 고생 안 시키잖나?"

"……."

"이노무 자슥, 아직도 정신 몬 채리고……."

예상했던 대로 유리문 쪽으로 가는 아버지의 모습이 눈으로 보지 않고도 훤히 그려졌다. 아들은 마룻바닥의 나무 무늬결을 내려다보며 장작개비를 들고 올 아버지를 상상했다. 반듯하게 쪼개진 장작이기를 바랐다.

아들의 왼쪽 어깨 밑으로 장작개비가 불똥을 일으켰

다. 두어 번 후려치다가 오른쪽 어깨 밑으로 바뀌었다. 다음은 등으로 옮겨질 것이다. 아버지가 혹시 실수를 할지도 몰라 두 손으로 머리를 감싸쥐었다. 아버지가 실수를 한다면 어머니는 아버지를 결코 용서하지 않을 것이다. 그래도 아버지의 급한 성질을 온몸으로 받아들이며 이해해주는 사람은 이 세상에서 어머니밖에 없었다.

아들은 매를 맞으며 속으로는 다른 생각을 굳혀갔다. 아버지도 한편으로는 훌륭한 투사 아들을 두었다고 자랑스러워할 거라고. 끌끌한 혁명가 아들을 두었기 때문에 당하는 어머니의 애처로움이 값질 거라고. 그리고 집안에서 일하는 불쌍한 사람들도 그들을 위해 싸우다 매를 맞는 아들을 보고 그들을 부리는 어머니를 용서할 거라고.

조금만 더 견디면 어머니가 나타나실 것이다. 지금쯤 부엌 한구석에서 마음을 졸이고 계실 것이다. 아니나 다를까, 부엌문 열리는 소리가 들리더니 어머니가 대청마루로 올라오는 소리가 들려왔다.

어머니는 가쁜 숨을 몰아쉬며 장작개비를 사정없이 휘두르는 아버지를 밀치고 아들을 감싸안았다. 아버지는 어머니를 아들에게서 떼어놓으려고 했다. 어머니는 아버지를 노려보았다. 그 눈빛에 깃들인 위엄이 보통 때의 자상한 어머니의 모습과는 너무나 달랐다.

"이러다가 애 병신 만들겠소……. 이제 알아듣도록 했으니 고만두소."

어머니가 아버지에게 애원하듯 말했다. 아버지가 들고 있던 장작개비를 떨어뜨렸다.

아버지의 식식거리는 숨소리를 등 뒤로 들으며 아들은 어머니에게 이끌려 별채로 갔다. 아버지도 더 이상 어찌하려 들지 않았다. 여느 때와 같이 매를 그만둘 적당한 순간을 아버지에게 만들어주는 셈이 되었다. 아버지의 식식거리는 숨소리는 이내 대청마루에서 잦아들었다.

조국해방전선

1.

1950년 9월 초순으로 접어들면서 승승장구 남진을 계속하던 인민군이 낙동강 전선에서 미군, 그리고 그들로부터 막강한 화력을 지원받는 국군과 일진일퇴를 거듭했다. 조국 통일을 눈앞에 두고 머뭇거리는 인민군을 성원하는 인민들은 속이 타들어갔다. 아무리 제공권이 국방군의 편에 있다고 하나 한 치의 땅이라도 빼앗지 않고는 승산이 없는 법이다. 전쟁은 보병에 의해 결판이 날 것이라고 인민들은 굳게 믿었다. 더군다나 속박에서 벗어난 인민들의 지지를 받고 있는 인민군의 승리는 시간문제라는 걸 조금도 의심하지 않았다. 그러나 최후의 승리를 위해 병력 강화를 필요로 한다는 이유로 서울에서는 어린 소년들에게까지 의용군 지원을 강요하기 시작했다. 정사용은 핵심 청년 조직인 민청연맹의 일원으로서 의용군에 자원했다.

정사용이 의용군에 지원한 것은 피할 수 없는 상황 때문이기도 했지만, 그 이유보다는 더 이상 서울에 머물고 싶지 않았기 때문인지도 몰랐다. 전쟁이 장기화되자 인민군이 서울을 점령했을 당시에 보인 관대함은 점차 사라지고 있었다. 인민재판에 의한 터무니없는 학살과 반동의 여지가 있는 자들을 향한 체포, 구금, 고문 등의 행위는 하루가 더하게 심해져갔다. 6·25 전 좌익 운동을 하다 당한 피맺힌 설움을 풀어보자는 투로 입에 거품을 물고 무차별적으로 복수하자는 자들을 견제했던 내무서도 이제는 아는 체 모르는 체 그들이 하는 대로 내버려두었다.

시간이 흐를수록 공공연히 자행되는 고문과 학살은 끔찍해졌다. 정사용은 공산주의에 대해 처음으로 의혹이 자라나기 시작하는 것을 느꼈다. 그런 짓을 일삼는 자들을 동지로 여기면서 지난 2년 동안 젊음을 불사른 자신을 향해 의문이 쏟아졌다. 특히나 아버지에게 준 고통과 어머니에게 준 슬픔을 생각하니 무슨 답을 해야 할지 가슴이 꽉 막혀버렸다. 서울에 이대로 더 머물게 되면 잔인한 그들의 하수인밖에 될 수 없을 것 같았다. 그것만이라도 피하기 위해 서울을 탈출하고 싶었다.

포근한 햇볕이 내리쬐는 날 오후 정사용은 민청연맹 사무실을 나와 집으로 갔다. 집 안은 왠지 분위기가 썰렁했다. 어머니가 부엌에서 설거지를 하고 있었다. 일하는 사람들은 모두 어딜 가고 손수 설거지를 하시나 의아해했다. 다음 순간 그들도 해방이 되었다는 것을 알았다. 긴 노동시간으로부터의 해방인 동시에 속박으로부터의 성급한 해방이 틀림없었다.

창고는 환히 열려 있었고, 식기들은 여기저기 널려 있었다. 일하는 사람들이 집을 나갈 때 집 안의 값진 물건을 가져가며 흐트러뜨려놓은 것 같았다. 초췌한 어머니를 보자 왈칵 눈시울이 뜨거워졌다. 정사용은 어머니의 손을 잡았다. 그 순간 어머니는 아들의 품으로 와락 안기며 울음을 터뜨렸다. 들먹거리는 어머니의 섬세한 어깨선을 보노라니 안타까움이 더했다.

어머니가 그를 사랑방으로 데리고 갔다. 정사용이 방에 들어서자 벽 쪽을 향해 누워 있던 아버지가 몸을 반쯤 돌려 잠시 올려다보고 다시 돌아누웠다. 어머니가 방을 나섰다. 그는 아버지 머리맡에 무릎을 꿇고 앉았다. 방 안 가득 한약 냄새가 묻어났다. 방금 전 어머니가 흐느끼며 중간중간 들려준 말들이 사실이었다. 아버지가 자신의 운전사였던 내무서원에게 끌려가 사흘 동안이나 고통을 당했다고 한다. 가슴이 답답해왔다.

폭주하는 업무를 처리하느라 민청연맹 사무실에서 기거하며 2주일이나 집을 비웠던 일이 후회스러웠다. 자신이 두려워하고 혐오했던 무질서한 보복이 부모에게까지 미칠 줄은 상상도 못했다. 정사용은 너무나 슬펐다. 세상이 이렇게 바뀌었는데도 그가 앞으로 설 자리는 마땅치 않았다. 전쟁이 끝나 어느 쪽으로 통일이 되든 북쪽은 이미 이런 못된 놈들이 행세하는 세상일 테고, 남쪽은 그런 못된 놈들이 한 짓에 원한을 품고 있는 자들로 차 있을 터이니 실로 난감했다.

잠자코 움직이지 않던 아버지가 손바닥으로 얼굴을 훔쳤다. 아들은 그것이 아버지의 눈물이 아니기를 바랐다. 그가 알고 있는 강한 아버지가 그대로 남아 있기를 바랐다. 장작개비를 휘두르는 아버지가 있는 이상 적어도 어머니는 보호를 받을 수 있을 것 같기 때문이었다. 아무 말이라도 해야 할 것 같았다. 뜻밖에도 엉뚱한 말이 튀어나왔다.

"죄송합니더."

고개를 돌려 힐끔 쳐다본 후 아버지가 한숨 섞인 소리로 말했다.

"지 세상 만났으니 얼매나 좋겠노!"

다시 벽을 보고 돌아눕는 아버지가 야속했다.

"당분간 집에 몬 오겠심더……."

아버지는 아무 말도 없었고 요동도 하지 않았다. 아버지가 못 알아들은 것 같아 다시 한 번 말했다.

"의용군에 입대하기로 했심더."

아버지는 여전히 움직이지도 않았고 입도 열지 않았다.

정사용은 한참을 방 안에 앉아 있다가 살며시 일어났다. 문을 천천히 닫으면서 아버지가 한마디 해주기를 간절히 원했으나 문이 완전히 닫힐 때까지 아무 말이 없었다.

어머니가 있는 안방으로 갔다. 장롱 앞에 앉은 어머니의 구부정한 등이 유난히 슬퍼 보였다. 아들의 속옷을 꺼내 챙기던 어머니는 방문을 여는 소리에도 고개를 돌리지 않고 느리게 손을 놀렸다. 어머니의 아들에 대한 직감은 이렇듯 대단했다. 정사용이 처음 부엌으로 들어서는 순간 어머니는 아들의 얼굴에서 곧 먼 곳으로 가게 되리라는 결단을 읽었음에 틀림없었다.

"어데 멀리 가나?"

어머니가 앉은 채로 고개만 들어 가만히 올려다보며 물었다.

아무 대답이 없자 어머니는 자상한 목소리로 일렀다.

"너무 위험한 데는 가지 말거래이."

"걱정 마이소. 조심하겠심더."

다른 말은 할 수가 없었다. 어머니는 아들을 외면하고 앉은 채 옷 보따리를 건네주었다. 한마디만 하면 어머니가 울 것 같아 얼른 받아들고 슬그머니 문을 닫고 나왔다.

"옷 속에 돈이 들었으이 잘 간수하거래이."

여느 때와 다름없는 어머니의 자상한 목소리가 방 밖으로 나지막이 흘러나와 아들의 발길을 잡아끌었다.

어머니는 한쪽 다리를 세운 채 앉아서 조금 전까지 자식의 옷 보따리가 놓였던 자리를 뚫어져라 내려다보았다. 남편은 그의 덕을 입었던 젊은 운전사한테 끌려가 심한 욕을 당해 사랑방에 몸져누워 있고, 방금 먼길 떠난 자식은 언제 다시 볼 수 있을지조차 몰랐다. 눈물로 달래보기에는 너무나 엄청난 일이었다.

아들을 빨갱이 운동한다고 장작개비로 후려친 남편이 그저 야속했고 좀 더 과감하게 말리지 않았던 자신도 미웠다. 앞으로 몸져누워 있는 남편과 단둘이서 헤쳐나가기에는 세상이 너무나 험하게 느껴졌다. 그러나 자신이 꿋꿋하게 버텨내지 못하면 집안이 한순간에 무너진다는 사실을 피가 나도록 아랫입술을 깨물어 새기고 또 새겼다. 후에 손자들에게 자랑할 수 있는 할머니가 되어야 한다고 다짐했다.

어머니는 눈물을 옷고름으로 찍어내고 부엌으로 달려갔다. 식기들을 제자리에 정리한 뒤 이곳저곳을 행주로 훔쳐냈다. 금이 간 유리그릇을 만지며 과거를 잠시 떠올렸다. 지금부터는 잊어버려야 할 너무나 평온한 과거였다. 창고와 부엌에서 살림살이들을 꺼내간 여자들에 대해서도 미운 생각이 들지 않았다. 미안한 표정을 지으며 짐을 챙기는 그네들을 똑똑히 보았기 때문인지 모른다.

2.

초가을 바람을 뺨으로 맞으며 정사용은 의용군의 집결장소인 수송국민학교를 향해 발길을 옮겼다. 시체 썩는 냄새가 진저리치게 진동했다. 지난 2개월이 마치 수년, 아니 수십 년처럼 더디게 지나갔다. '조국해방'이라는 남한 진주군의 슬로건에 흥분해서 그들을 환영했던 6월 말

의 서울은 7월이 저물어가며 인민재판이나 반동분자 색
출로 날이 새고 저물었다. 더위가 기승을 더하는 8월의
서울은 미군기의 끊임없는 공습으로 인간 도살장이나 다
름이 없었다. 9월 초의 서울은 지쳐버린 시민들의 공포
와 절망이 뒤범벅이 된 도시로 완전히 변해 있었다.

서울을 빠져나가야만 했다. 죽고 사는 문제는 그 다음
이었다. 거리에 청청하던 나뭇잎들이 생기를 잃어갔다.
그것들만이 지난 수개월도 단지 무심히 흘러가는 역사의
한 부분일 뿐이라고 말해주는 것 같았다. 그러나 정사용
은 받아들일 수가 없었다. 그 많은 사람들의 한 맺힌 피
의 하루하루가 쌓인 수개월은 결코 흘러가는 역사가 아
니라 뭉텅 잘라내 버려야 할 역사여야 했다.

그런 수난을 당하고 난 사람이 도저히 전과 같은 사람
일 수는 없을 것 같았다. 그들은 인생에서 살아가는 기
쁨을 기대하기보다 견디어내기 위한 수단을 찾을 것이
고, 사랑하기보다 미워할 것이며, 성공보다 실패를 눈여
겨보리라. 정사용은 발길을 재촉했다.

수송국민학교 운동장에는 이미 많은 사람들이 학교 건
물 벽 옆으로 군데군데 모여 있었다. 돋보기를 쓴 흰머
리의 장년층이 눈에 띄기도 했고, 중학교 3, 4학년밖에

안 되어 보이는 어린 소년들도 있었다. 정사용은 자신이 배속된 분대를 찾아 자리를 잡았다.

정규군 수십 명이 분대별로 초록색 견장이 부착된 군복과 신발, 그리고 병기를 나눠주고 있었다. 지급된 병기는 대부분 장총이었으나 분대에 몇 개씩 따발총이 분배되었다. 그것은 조장격인 민청연맹 출신들한테 돌아갔다. 정사용에게도 따발총이 주어졌다.

한차례의 공습이 지나가고 난 후 그들 모두는 어깨에 흰 광목 띠를 두르고 서울역 앞까지 행군을 했다. 길옆에 서서 마지못해 박수를 치는 노년층의 남자나 부녀자들의 표정에는 피곤기가 줄줄 흘렀다.

서울역까지 행군한 의용군은 역 광장에서 몇 백 명씩 나뉘어 수원 근방의 깊은 산골짜기에 위치한 사격 연습장으로 향했다. 그곳에서 닷새간 머물며 낮에는 표적 사격 훈련을 받고 밤에는 굴속에 들어가 총기 보수 훈련을 받았다.

정사용의 분대가 포함된 250명의 의용군은 남쪽으로 이동을 시작했다. 그들은 낮에는 산길을, 밤에는 국도를 따라 행군했다. 천안을 지나 한 조그만 부락에 도착해서야 이틀 동안의 강행군이 멎었다. 그들은 민가와 나무

그늘에서 곤한 잠에 빠졌다.

얼마를 잤을까. 귀청을 때리는 총소리에 정사용은 눈을 번쩍 떴다. 분대장이 총을 하늘에다 대고 쏘며 집합하라고 소리치고 있었다. 집합 장소로 허겁지겁 달려갔다. 분대장 옆에 의용군 두 명이 등 뒤로 손이 묶인 채 꿇어앉아 고개를 숙이고 있다. 도망치다 잡혀온 의용군들이라고 분대장이 소리쳤다.

모든 대원들이 지켜보는 가운데 총살형이 준비되어 있었다. 그중 열다섯 살 정도 되어 보이는 어린 소년병은 분대장에게 살려달라고 애원하며 어머니를 불러댔다. 분대장의 장총이 불을 뿜었다. 총알이 소년병의 이마에 작은 구멍을 뚫었다. 거의 동시에 소년은 옆으로 쓰러졌다. 하늘을 향해 쓰러진 소년병의 얼굴은 놀랍게도 매우 평온했다. 마치 모든 수난이 끝나서 홀가분하다는 듯한 표정이었다.

다른 한 도망병은 나이가 꽤 들어 보였다. 그는 바로 자신의 옆으로 쓰러지는 어린 소년을 보고 손이 등 뒤로 묶인 채 벌떡 일어나려고 했다. 그의 이마에 조준된 총알은 이미 발사되어 그의 어깨를 관통했다. 그는 일어나서 총을 쏜 분대장을 향해 한 걸음 한 걸음 걷기 시작했다. 정사용은 분대장이 그의 가슴을 향해 다시 쏘아 그

의 고통을 빨리 멈추게 해주길 빌었다. 놀랍게도 화가
난 표정을 한 분대장은 총을 쏘는 대신 걸어오는 그에게
달려가 개머리판으로 얼굴을 후려쳤다. 왼쪽 볼과 눈이
형편없이 짓이겨지며 피로 얼룩졌다.

　뒤로 벌렁 넘어졌던 도망병은 다시 일어나 한쪽 눈으
로 똑바로 분대장을 노려보며 한 발짝 내디뎠다. 정사용
은 마음속으로 어서 총을 쏘라고 분대장에게 소리쳤다.
한쪽 눈과 볼이 뭉개진 무서운 형상으로 노려보는 눈빛
에 질리는지 분대장이 뒤로 몇 발자국 물러섰다. 곧이어
분대장은 집총 자세를 취했다. 그리고 그는 분노에 찬
기합 소리와 함께 총구 앞의 뾰족한 칼로 짓이겨진 얼굴
밑 목을 찔렀다. 피투성이 얼굴이 뒤로 젖혀지면서 혓
바닥이 길게 빠져나왔다. 한쪽 눈은 여전히 부릅뜬 채였
다. 분명히 숨이 끊어진 듯했으나 그의 무릎은 아직도
그의 몸체를 단단히 받치고 있었다. 분대장을 제외한 의
용군 모두가 얼굴을 돌렸다.

　다시 행군이 시작되어 반나절이 지났지만 입을 여는
자가 없었다. 잔인한 분대장의 행위는 어느 누구의 눈에
서도 떨쳐지지 않았다. 정사용은 다른 민청연맹 출신과
함께 본대와 50미터 정도 뒤떨어져 오면서 도망병이 있

으면 사살하라는 분대장의 지시를 따라 행군하고 있었다.

본대의 후미가 꺾어진 길을 막 돌아선 후였다. 길가 풀숲에서 누군가 숨어 있다 급히 길을 건너는 게 눈에 띄었다. 정사용이 정지 명령을 내리며 쫓아갔다. 가까이 가서 보니 인민군 복장을 한 30대 중반의 여자였다. 그녀는 인민군 문화전선 요원으로서 그녀가 소속한 부대와 미군 공습 중 헤어졌다고 말했다. 그녀를 인솔해 정치 군관에게 데려갔다. 정치 군관은 몇 가지 묻더니 옆에 서 있던 분대장에게 '알아서 처리하라'며 여자를 인계했다. 분대장은 길 건너 숲을 가리키며 곁에 서 있던 정사용과 다른 민청연맹 출신 분대원 한 사람에게 그녀를 데리고 그곳으로 먼저 가 있으라고 명령했다.

잔인한 분대장이 여자에게 또 무슨 짓을 할까 두려운 마음이 생겼다. 그들은 작은 목소리로 새파랗게 질린 표정을 하고 있는 그녀에게 진정한 정체를 물었다. 그녀는 불안에 떨면서 사실은 국방군 장교인 남편과 서울에서 헤어졌는데 남편을 만나러 남쪽으로 가는 중이며, 쓰러져 죽어 있는 인민군에게서 군복을 벗겨 입었다고 했다. 두 사람은 그녀의 말이 거짓이 아니라는 믿음이 왔다.

분대원들을 정렬해서 행군을 계속 시키고 나서 분대장

은 어슬렁거리며 그들 셋이 있는 숲으로 들어섰다. 그들과 10미터 정도 거리를 두고 분대장은 멈춰 섰다. 어깨에서 장총을 내려 여자를 조준했다. 금방이라도 방아쇠를 당길 자세였다. 정사용과 다른 분대원은 분대장에게로 달려갔다. 먼저 달려간 다른 분대원이 분대장의 총을 옆으로 젖히려다 분대장이 내려친 개머리판에 먼저 맞고 입술이 터져 피를 벌겋게 흘리며 넘어졌다. 곧이어 달려간 정사용은 어느 틈에 분대장의 발길에 급소를 걷어차여 아랫도리를 잡고 겅중겅중 뛰다가 참을 수 없는 고통으로 땅바닥을 굴렀다. 그러는 사이 총 소리가 났다. 이마에서 피가 솟구치면서 뒤로 벌렁 나자빠지는 여자의 모습이 그의 시야에 들어왔다.

다시 남쪽으로 행군이 시작되었다. 정사용은 분대장의 얼굴을 유심히 살폈다. 여전히 아무 일도 없었다는 비웃음이 섞인 표정이었다. 분대원들을 집합시켜 명령을 내릴 때 소리 지르는 어투마저 조금도 달라지지 않았다. 정사용은 이 전쟁에서 자신이 해야 할 일 중의 하나가 바로 저 짐승 같은 인간을 때려잡는 일이라고 단단히 마음먹었다. 멋모르고 참여한 전쟁에서 무언가 뚜렷한 목적이 생긴 것 같아 그의 마음은 한결 가벼워졌다.

248명의 의용군은 대전에서 여수와 대구 쪽으로 갈라졌다. 정사용은 여수 쪽으로 소속이 정해졌으나 분대장이 대구 방면에 소속된 것을 알고는 자신도 대구 쪽에 배정시켜주길 청했다. 이유를 묻는 군관에게 정사용은 대구 출신이라 지리에 밝아 작전에 공헌하고 싶다고 했다. 군관은 처음에는 고향으로 탈출하려는 의도가 아닌가 의심하는 듯했으나 정사용이 민청연맹 출신임을 알고 그의 청을 받아들였다.

100명의 의용군 부대는 국도를 따라 대구 쪽으로 남하를 계속했다. 하늘엔 짙은 구름이 덮여 행군하기에 알맞은 날씨였다. 그들은 공습을 겁낼 필요 없이 추풍령을 넘고 있었다.

정사용은 발아래 펼쳐진 아름다운 풍경을 눈여겨보았다. 전쟁 전에 와보지 못한 걸 후회하면서 전쟁이 끝나면 무슨 일이 있어도 다시 오리라 다짐했다. 그리고 이 전쟁을 느긋한 마음으로 되돌아보리라 마음먹었다.

그러나 다음 순간, 과연 그럴 기회가 있을는지 자신이 없어졌다. 정사용은 그의 생애에서 마지막으로 보는 풍경인지도 모른다는 생각에 아름다운 경치를 보고 또 보았다.

정상을 지나 내리막길로 들어설 무렵 폭우가 내렸다.

폭우에도 아랑곳하지 않고 묵묵히 걷는 전사들의 슬픈 뒷모습이 묵직한 아픔으로 그의 가슴속에 다가왔다. 아랫도리를 맴도는 허허로운 바람. 이 빗속을 걷다가 어떠한 최후를 맞을지도 모른 채 바람이 맴도는 두 다리로 버티며 걷고 또 걸어가야 한다.

이 고개를 다시 넘을 사람이 몇이나 될까? 정사용은 자신에게 질문을 던졌다. 자신은 다시 이 고개를 넘을 수 있을지 모르지만 이 길을 걸을 미래의 사람들을 위해서라도 분대장 같은 자가 이 고개를 다시 넘는 일이 없기를 정사용은 바랐다.

의용군 부대가 김천 외곽에 도착했을 때는 9월 18일의 안개 낀 새벽녘이었다. 부대는 전선이 가까워오고 있다는 야릇한 긴장감에 싸인 채 행군 중이었다. 갑자기 요란한 탱크 소리가 산야를 흔들었다. 의용군 일행은 행군을 멈추었다. 멀리 전방 지점에서 안개 속을 뚫고 전차가 모습을 드러냈다. 인민군 부대였다.

20여 대의 탱크와 자주포 4대를 이끄는 트럭을 앞세운 채 의용군과 달리 붉은색 견장을 단 400여 명의 정규군 보병이 그 뒤를 따르고 있었다. 지프차에 탄 군관이나 전사들 모두가 머리는 더부룩이 길었고 오랫동안 수염도

깎지 않은 채였다. 전사들은 너덜너덜한 누더기를 걸쳤으며 한결같이 어깨를 축 늘어뜨린 채 무겁고 느리게 걸음을 옮기고 있었다.

'어느 부대냐'는 길가에 늘어선 의용군들의 물음에도 그들은 고개를 숙인 채 아무 대답도 하지 않았다. 얼마 후 계속해서 묻는 게 귀찮았던지 누군가 105탱크 사단이라고 말했다. 정사용은 깜짝 놀라지 않을 수 없었다. 105탱크 사단이라면 남한 진주 시 앞장을 섰던 일명 '호랑이굴 사단'이라고 알려진 기갑 사단이기 때문이었다. 북조선이 자랑하는 최강의 기갑 사단이 낙동강 전선을 빠져나와 북상하고 있는 것이다. 이는 심상치 않은 상황이 낙동강 전선에서 일어나고 있다는 증거였다. 정사용의 눈에 이들은 '호랑이굴 사단'이 아닌 패잔병 무리로밖에 보이지 않았다.

곧이어 의용군 전원에게 지시가 내려졌다. '호랑이굴 사단'의 후미를 따라 다시 북상하라는 것이었다.

의용군 전원은 105사단과 함께 추풍령고개를 다시 넘었다. 남쪽으로 내려갈 때의 염려와는 달리 의용군 전원이 다시 추풍령을 넘게 된 것이다. 물론 분대장도 포함해서다.

추풍령을 지나 북상을 하는 동안 가을로 완연히 접어든 날씨가 계속되었다. 그때 갑자기 청명한 가을 하늘에 미군기가 나타나 공습을 가하기 시작했다. 첫 번째 공습에 탱크 한 대가 폭파되고 수십 명의 사상자가 발생했다. 계속되는 미군기의 출현으로 더 이상 북상할 수가 없어 지휘부의 지시하에 전사들 각자가 풀숲으로 대피소를 찾았다.

정사용은 홀로 소나무 밑에 자리를 잡았다. 깜빡하는 사이에 잠이 들었고 꿈속에서 아버지와 어머니를 만났다. 노한 얼굴을 한 아버지와 슬픈 표정을 짓고 있는 어머니에게 울면서 잘못했다고 용서를 빌었다. 장작개비를 든 아버지가 그에게 다가와 어깨를 후려쳤을 때 그는 잠에서 깨어나 눈을 떴다. 바로 그 순간, 비행기에서 쏜 기관포탄이 그가 누운 자리 전방 10미터쯤에 한 줄로 박히면서 귀를 찢는 듯한 굉음과 함께 흙무더기가 전신을 덮쳤다. 정사용은 옆으로 뒹굴었다. 앞에서부터 정확하게 일렬로 기관포탄에 파인 구덩이가 생기면서 그가 누워 있던 장소를 지나갔다.

고개를 들어 주위를 보니 부대원들이 마구 흩어져 사방으로 달리고 있었다. 분대장도 길 건너편으로 정신없이 뛰고 있었다. 분대장을 본 순간 정사용은 아버지가

꿈속에서 장작개비로 때려 그를 깨움으로써 기관포세례
에서 그를 살린 이유를 알았다. 저 짐승 같은 인간을 없
애기 위해서라고 정사용은 나름대로 결론을 내렸다.

내전에 도착할 때까지 세 번의 공습이 더 있었으나 다
행히 큰 피해는 없었다. 대전 근교에 도착해서 군 병원
표지가 붙여진 건물로 들어갔다. 공중에서 선회하는 미
군기가 언제 공습할지 몰라 매우 불안했으나 105사단 군
관들은 너무나 태연자약했다. 그들이 예상했던 대로 미
군기는 폭격을 가하지 않았다. 전투대원이 숨어 있는 줄
뻔히 알면서도, 군 병원 시설 폭격을 제한하는 규약을
준수하는 것 같았다. 105사단은 그것을 미리 알고 주둔
지를 정한 것이었다. '우리도 미군과 같이 그럴 수 있을
까' 하고 정사용은 자문해보았다. 그 대답은 부정적이었
다.

반나절 동안 수면을 취한 후 일행은 다시 진군을 해서
천안 근방을 지나고 있었다. 그때 한 대의 비행기가 날
아오더니 꽁무니에서 뭔가를 토해냈다. 그것은 마치 눈
이 내리듯 하늘을 뒤덮으며 쏟아졌다. 삐라였다. 거기에
는 9월 15일 연합군의 인천 상륙이 성공적으로 수행됐
으며 무기를 버리고 투항하면 환영하겠다는 내용이 씌어
있었다. 그제서야 정사용은 105사단의 북상 이유를 알았

다. 인천으로 상륙한 연합군을 저지하려던 목적임이 틀림없었다. 105사단 전사들과는 달리 의용군 사이에서 동요의 빛이 술렁였다.

9월 26일, 산 위에 걸린 해가 막 넘어가려던 때였다. 폭음이 천지를 진동했다. 앞서가던 탱크 다섯 대가 화염에 싸이면서 병사들이 뚜껑을 열고 나왔다. 병사들은 움직이는 횃불처럼 허우적거리다 길옆에서 쓰러졌고 몸에 붙은 불은 계속 타고 있었다. 뒤따라가던 다른 탱크에서도 뚜껑이 열리며 병사들이 뛰쳐나와 탱크를 버린 채 길 건너 숲속으로 무작정 뛰기 시작했다. 주변이 사격장의 표적인 양 포탄과 총탄이 무수히 쏟아졌다.

정사용은 포복한 채로 주위를 둘러보았다. 포탄은 산 위에서 날아왔다. 포탄이 쏟아지는 산 정상에 대포의 포신이 보였고 미군들이 오가는 게 보였다. 너무나 여유 있는 태도였다. 정사용은 일어나 있는 힘을 다해 숲 쪽으로 뛰어갔다.

얼마를 뛰었을까. 눈앞에 불꽃이 튀었다. 동시에 앞서가던 분대장이 불꽃과 함께 공중으로 치솟았다. 지뢰를 밟은 모양이었다. 정사용은 달려가 그를 끌고 큰 노송 밑 움푹 파인 구덩이로 갔다. 한껏 배를 움켜쥔 분대장의 양쪽 손가락 사이로 피가 흘렀다. 구덩이 벽에 비스듬히 기대앉은 분대장은 손을 가만히 떼고 상처를 들여다보았다. 숨을 쉴 적마다 피가 뭉클뭉클 솟았다. 얼마나 다쳤는지는 피 때문에 알 수가 없었다. 분대장은 피가 나오지 않게 하려는지 잠깐 숨을 참았다. 그는 잠시후 피에 섞여 뱃속에서 밀려나오는 것을 손으로 잡고 물끄러미 보고 있었다. 그의 내장이었다. 그것을 들여다보던 눈을 들어 정사용을 올려다보는 분대장의 표정은 공포로 차 있었다.

피가 조금씩 멎으면서 상처가 드러났다. 벌어진 상처 사이로 그의 내장이 계속 밀려나왔다. 분대장은 배를 움켜쥐지 않은 왼손으로 자신의 심장 근처를 두드리며 애원의 눈빛으로 정사용을 보고 있었다. 총을 쏘아달라는 의미였다. 정사용은 분대장의 심장을 향해 총을 겨누었다. 그러나 곧 심장을 향해 겨누었던 총구를 밑으로 낮추었다. 정사용은 괴로워하는 분대장을 그대로 남겨둔 채 일어나 앞만 보고 뛰었다. 그의 얼굴이 눈물로 얼룩지기 시작했다.

정신없이 뛰어 산 정상 가까이 다다르자 더 이상 발을 옮길 힘이 없었다. 정사용은 땅바닥에 주저앉아 가쁜 숨을 몰아쉬며 주위를 살폈다. 얼마 떨어지지 않은 곳에 한 무리의 전사들이 방금 도착한 듯 가쁜 숨을 가다듬고 있었다. 아래쪽에는 아직도 정상을 향해 뛰는 병사들이 눈에 띄었다. 그 밑으로는 10여 대의 탱크가 아직도 검은 연기를 토해내고 있었다. 남아 있던 디젤 연료가 타는 모양이었다. 길가 오른쪽에 있는 너른 벌판에는 일행의 반 정도 되는 전사들이 산 정상 미군들이 포진한 쪽을 향해 머리 뒤로 손을 얹고 서 있었다. 길가 양옆에는 시체가 즐비했다. 하반신이 날아간 전사의 울부짖음이 검은 연기 사이로 귀를 찢는 듯 들려왔고, 시체들이 꿈틀거리는 것 같았다. 여기저기에 하체와 상체, 팔다리가 따로따로 흩어진 전사들의 시체가 수없이 널려 있었다. 포 소리가 멈췄다.

얼마 전의 폭음과는 너무나 대조적인 적막이 찾아들었다. 그 고요함 속에서 고통의 절규가 들려왔다. 주위의 산천초목은 이 모든 것을 비웃는 듯 산들바람에 흐느적거리고 있었다. 길 건너편 벌판을 지나 산등성이로부터 미군들이 내려오고 있었다. 손을 머리 뒤로 한 인민군 전사들은 그들을 향해 서 있거나 앉아 있었다. 105탱크사단의 잔류 정규군 400명과 여기에 합류한 100여 명의 의용군 중 반쯤은 투항했고 200여 명은 그곳에서 죽음을

당했다. 그 외에는 공격이 시작되면서 퍼붓는 포탄 속을
뚫고 산 위로 뛰어간 정규군과 소수의 의용군뿐이었다.

정사용은 산등성이에 모여 있는 한 무리의 전사 쪽으
로 갔다. 그곳에는 군관들이 산 밑에서 벌어지는 상황을
망원경으로 살펴보고 있었다. 눈으로도 너무나 뚜렷하게
볼 수 있는 것을 구태여 망원경을 사용하는 군관들이 우
스워 보였다. 마치 부하들과 장비를 고스란히 남겨두고
도망친 사실이 부끄러워 얼굴을 가리고 있는 것 같았다.
누가 지시하거나 신호를 보내기도 전에 무사히 도망
친 전사들이 얼마 후엔 거의 다 모여들었다. 그때쯤 아
래쪽 벌판에서는 투항한 250여 명의 전사들 주위를 미군
들이 둘러싸고 있었다. 권총만을 찬 군관 하나가 옆 전
사의 장총을 신경질적으로 빼앗아 미군들을 향해 겨누자
망원경을 들고 있던 군관이 장총을 낚아챘다. 그러고 나
서 장총을 빼앗기고 넘어진 군관을 무서운 표정으로 내
려다보았다. 정사용은 내려다보는 군관의 얼굴을 유심히
쳐다보았다. 땀과 흙먼지로 뒤범벅이 된 얼굴에는 눈동
자만이 번뜩였다. 어깨 위에는 소장 견장이 지는 저녁놀
을 받아 번쩍였다. 그가 바로 말로만 들어왔던 105탱크
사단의 사단장인 유경수 소장이라는 것을 한눈에 알아볼

수 있었다.

　서울에서 의용군 지원을 독려하던 인민군 정치 군관이 한 말이 떠올랐다. '유경수 소장이 건재한 이상 낙동강 전선의 승리는 시간문제다.' 그런데 그 장본인이 지금 이 꼴로 이 자리에 서게 될 줄은 누구도 상상할 수 없는 일이었다.

　한 군관이 유 소장에게 공격을 감행한 미군들은 인천으로 상륙한 미 제7사단 병력으로 추측된다고 설명하는 소리가 들려왔다. 군관은 낙동강에서 밀고 오는 미 제1기병 사단도 뒤쫓아오고 있다고 덧붙여 말했다. 땅을 내려다보며 잠시 생각에 잠긴 유 소장이 군관에게 몇 마디 낮은 소리로 명령을 내렸다. 잠시 후 군관은 손을 들어 행군 방향을 가리켰다. 침묵 속에 약 50명쯤 되는 인원이 일어나 그를 따라갈 채비를 했다.

　정사용은 떠나기 전에 잠시 아래쪽을 내려다보았다. 그때 우뚝 솟은 한 노송에 눈길이 멈췄다. 노송 밑의 구덩이 속에서 휘저어대는 손이 보이는 듯했다. 분대장의 애원하던 눈빛이 그의 눈앞에 떠올랐다. 그는 얼른 고개를 돌려 막 움직이기 시작한 부대원을 따라갔다. 50여 명에 지나지 않는 부대의 후미에서 산등성이를 따라 걸었다.

서산 뒤로 모습을 가린 해가 전우들의 처참한 모습을 드러내주었다. 차라리 어둠이라면 더 나을 성싶었다. 아니면 차라리 눈보라가 치든지 억수 같은 비라도 내린다면 지금보다는 나을 것 같았다. 러시아전에서 패전하고 눈보라 속에서 퇴각한 나폴레옹군이나, 흙탕길을 철벅거리며 쫓겨가는 히틀러군이 오히려 부러웠다. 적어도 그들은 적들과 힘껏 싸워보기라도 했지 않은가.

붉은빛을 띤 가을 하늘과 산뜻한 가을바람은 전사들의 모습을 더한층 처량하게 보이게 했다.

그들은 누가 인도하는지 어디로 가는지 상관하지도 않고 그냥 움직여갔다. 나무숲을 지날 때도, 돌산을 힘들게 기어오르면서도 입을 열지 않았다. 험한 절벽이 가로막고 있으면 잠시 군관들이 지도를 펼쳐놓고 나침반을 들여다본 후 다시 방향을 정해 걸어갔다. 계속해서 한 채의 인가도 보이지 않는 깊은 산을 뚫고 갔다.

그날 저녁도 여느 날과 다름없이 달이 찾아와주었다. 어슴푸레한 달빛으로 옆 사람의 얼굴과 형체가 뿌옇게 되살아났을 때 그들 모두는 다 같이 살아남았다는 안도의 숨을 내쉬었다. 그들은 서로의 거리를 좁혀가면서 때로는 서로의 발이 엇갈리기도 하며 있는 힘을 다해 걸어나갔다.

대열 중간쯤과 말미에서 풀숲을 헤치는 소리가 들려오곤 했다. 대열에서 이탈하는 자들이 내는 소리임을 알면서도 누구 하나 그 방향으로 시선을 돌리지 않았다. 정사용은 마음속으로 그들에게 행운이 있기를 빌었다.

차가운 달빛 아래서 전사들이 행군하며 내는 끊임없는 발소리만이 그들에게 용기를 주었다. 혼자가 아니라는 것만도 큰 위안이 되었다. 앞으로 가야 한다는 것 이외에는 아무런 생각도 할 수 없었다. 그들 중 한 사람만이 예외였다. 바로 유 소장이었다.

유 소장은 인민군 참모총장 남일을 만나 낙동강 전투 시 군대의 재정비를 위해 긴급 요청한 조기 후퇴를 거부한 것에 대해 한바탕 따지려고 단단히 벼르며 무거운 발길을 옮기고 있었다. 이미 승부는 나 있었던 것이다. 중공군이 직접 지원하지 않는 이상 승산이 없음을 이미 파악하고 있었던 것이다.

전사들이 극한상황까지 억지로라도 버틸 수 있었던 것은 '중공군이 곧 낙동강 전선으로 온다'는 정치 군관들의 거짓선전에 속았기 때문이었다. 유 소장은 평양 교외에 깊숙이 파놓은 방공호 속에 앉아 이따위 거짓말로 용감한 전사들의 목숨을 앗아간 놈들의 머리에다 총구멍을 내주기로 마음먹었다. 그들의 힘만으로는 미국과의 전쟁에서 이길 수가 없다. 중공이 참전해도 결과는 마찬가지이리라. 전쟁에 이길 수 있는 유일한 방법은 소련과 중공이 전면전에 참여하는 길밖에 없었다. 그러나 미국에 겁을 집어먹은 소련놈들은 참전할 꿈도 못 꾸고 있을 게 뻔했다.

동양의 '롬멜'이 되겠다는 유 소장의 꿈은 오늘로 산산조각이 나버렸다. 유 소장은 사하라 사막에서 펼친 롬멜의 탱크 작전에 매료되어 훌륭한 탱크 부대를 이루어놓는 데 일생을 바치기로 마음먹었다. 그는 전쟁은 피하려야 피할 수 없는 것이라고 믿었다. 장구한 인류 역사상 장기간 전쟁을 쉰 적이 없었고, 앞으로도 전쟁이 없어지리라 믿는다면 그것은 어리석은 생각이라고 확신하고 있었다.

만약 전쟁이 지구상에서 없어지는 날이 온다면, 인간은 인류를 완전히 멸망시킬 다른 수단을 발명할 것이다. 집단간의 싸움은 형제간이나 부자간의 싸움으로 대체될지도 모른다. 형제간이나 부자간에 서로 가까움을 느낀다면, 그것은 전쟁이 그들을 헤어지게 할지도 모른다는 가능성 때문일지도 모른다. 인류의 역사는 전쟁의 역사이고 전쟁의 역사가 인류 문화를 발전시켜왔다.

유 소장의 눈에 한민족은 너무나 온순하게 보였다. 단일민족으로 인류 역사상 한 번도 주위의 국가를 정복한 적이 없는 유일한 민족이었다. 늘 침략만 당한 민족으로 지금부터라도 그러한 치욕의 역사에서 탈피하기를 바랐다.

유 소장은 그런 역사의 창조에 일익을 담당하고 싶었다. 상대방의 눈을 보며 칼로 살인을 하는 데는 너무나 약한 민족이나, 현대식 무기로 한다면 우수한 두뇌를 가진 한민족이 반드시 약하다고 볼 수는 없다. 탱크가 그 좋은 예가 될 것 같아 유 소장은 여기에 인생을 걸었다. 그러나 그는 오늘로 인생의 끝장을 본 것이다.

그가 살아야겠다고 생각한 이유는 한 가지밖에 없었다. 무슨 일이 있어도 북쪽으로 다시 돌아가 남일의 뺨을 후려치고 제2사단장 장평산의 배를 구둣발로 걷어차 버리기로 결심한 것이다. 그리고 김일성 앞에서 권총으로 자신의 머리를 쏘아버리기로 마음먹었다.

3.

진군이 갑자기 멈췄다. 모두가 불안에 떨며 사방을 둘

러보았다. 저 멀리 계곡 사이에서 모닥불빛이 포착되었던 것이다. 총을 빼든 일단의 군관들이 몇 명의 전사에게 대검만 가지고 뒤따라오라고 명령했다. 그중에 정사용도 끼였다. 그들은 소리를 죽이며 모닥불이 있는 방향으로 산을 타고 내려가 조용히 접근했다. 그들이 10미터 가까이 접근해도 상대방은 낌새를 못 챘다. 7명의 미군들이 모닥불 주위에 둘러앉아 깡통에 든 음식을 먹고 있었다. 그것을 본 정사용은 지난 하루 동안 아무것도 먹은 게 없음이 생각나 몹시 허기를 느꼈다.

미군들은 보초조차 세우지 않고 태연하게 가을 밤공기를 만끽하며 모닥불 주위에 철모를 깔고 앉아 음식을 먹고 있었다. 통신선을 가설하다 휴식 중인 통신병인 듯 주위에 통신선 뭉치가 흩어져 있었다.

군관의 지시에 따라 전사들은 대검을 뽑아들고 각자 지정된 표적을 향해 달려들었다. 정사용은 등을 보이고 있는 미군 병사의 등에다 대검을 꽂으려는 찰나 뒤를 돌아보는 그 병사의 눈과 마주쳤다. 흑인이었다. 모닥불에 비친 흑인 병사의 눈이 유난히 크게 보였다. 정사용은 순간적으로 멈칫했다. 다음 순간 자신이 흑인 병사의 역습을 당해 죽을지도 모른다는 생각이 들었다. 정사용은 고개를 돌린 그를 향해 대검을 내리꽂았다. 정사용의 대검

42

이 미군 병사의 왼쪽 어깨를 스친 뒤 표적을 놓치고 앞으로 나뒹굴었다. 정사용이 다시 일어나려는데 누군가 그의 몸을 짓누르고 있었다. 고개를 돌려 올려다보니 흑인 병사의 오른손에 들린 칼이 그의 목을 향해 내리쳐질 찰나였다. 그는 눈을 질근 감았다. 그 짧은 순간에 이제 모든 게 끝났다는 생각과 함께 어떤 해방감이 찾아들었다.

잠시 후 그의 위에서 누르는 힘이 가벼워졌음을 느꼈다. 살며시 눈을 떠보니 미군 병사는 칼을 든 채 오른쪽으로 고꾸라져 있었다. 누군가 정사용의 멱살을 잡고 일으켜 세웠다. 무서운 얼굴의 유 소장이 오른손에 피 묻은 칼을 든 채 그를 노려보고 있었다. 그는 정사용의 초록색 견장을 손으로 잡아 모닥불에 비춰보더니 말했다.

"의용경비원이군. 정신 차려. 아직도 전쟁 중이야."

의외로 조용한 음성으로 타이르며 유 소장은 무서운 얼굴을 풀었다.

전사들은 미군들이 모두 죽은 걸 확인하고 누구나 가릴 것 없이 먹다 남은 깡통에 달려들었다. 정사용은 반쯤 먹다 남은 돼지고기와 큰 콩이 섞인 깡통을 다른 전사와 함께 눈 깜짝할 사이에 비워버렸다. 3개월여 만에 처음 맛본 고기는 뭐라 말할 수 없을 정도로 맛있었다.

그들은 주위에 널려 있는 미군들의 물건을 정리하기 시작했다. 통신용 전선줄은 풀숲 깊숙이 숨겼고 그들이 가지고 있던 깡통 음식과 무기는 한곳에 모았다.

한쪽 구석에서 유 소장은 자신의 군복에서 견장을 뜯어 주머니에 넣었다. 그가 견장을 잡아떼는 소리가 유난히 크게 들렸다. 그리고 미군이 입었던 파카를 위에 걸쳤다. 그것을 본 전사들은 누가 먼저랄 것도 없이 유 소장처럼 견장을 떼고 미군들의 파카를 돌아가는 대로 걸쳐 입었다. 그러고 나서 미군들의 시체를 멀리 끌고 가 풀숲에 숨겼다. 그들은 모닥불을 끄고 무기와 깡통 음식을 챙겨 그곳을 떠났다.

그들은 이미 군대조직이 아니었다. 그것은 유 소장이 전사들이 보는 앞에서 견장을 떼는 순간 분명해졌다. 누구든지 원하는 대로 어디든지 갈 수 있다는 점을 분명히 전한 의미였다. 동쪽에서 눈부신 햇살이 산골짜기를 비춰줄 무렵에야 행군은 중지되었다. 각자 적당한 풀숲에 숨어서 눈을 붙이라는 지시가 전해졌다. 그 지시가 전해졌을 때 전사들 중 몇 명은 남반부 산악지대에서 빨치산 활동을 하겠다고 유 소장 앞으로 나아가 허락을 청했다. 유 소장은 허락 대신 어젯밤 미군들에게서 빼앗은 깡통을 아무 말 없이 그들에게 건네주었다. 그들은 유 소장에게 거수경례를 하고 산 중심부로 떠났다.

그들의 등 뒤에서 아침햇살이 빨리 가라고 밀어붙이듯 그들이 향하는 방향으로 유난히 긴 그림자를 드리워주었다. 떠나는 전사들의 뒷모습을 보며 남은 전사들의 입속에서 누가 먼저랄 것 없이 나지막한 목소리가 흘러나왔다.

태백산맥에 눈 나린다
총을 메어라 출진이다
(······)
높은 산을 넘고 넘어
눈에 묻혀 사라진 길을 열고
빨치산이 영을 내린다
원수를 찾아 영을 내린다

노래가 끝났을 때쯤에는 어젯밤 견장을 떼었을 때 사라졌던 사기가 그들의 마음속에 다시 찾아들었다. 그들은 다시 군대조직이 되었다. 어느 전사도 숲을 찾아 쉬지 않았다. 유 소장을 포함한 군관 10여 명, 대원 30여 명 모두는 쉬지 않고 행군을 계속했다.

해가 머리 위에 비칠 무렵에 그들은 서울 외곽을 둘러

싼 산골짜기를 타고 의정부 쪽으로 방향을 잡았다. 유소장을 비롯한 10여 명의 군관은 미군들의 시체에서 벗긴 파카를 걸친 참담한 모습이었다. 지휘부는 사단장과 사단 참모장만 남고, 정치 · 군사 · 후방을 담당한 3명의 부사단장은 이미 전사했다. 그들은 사단 참모장의 나침반 하나에 의지해서 북으로, 북으로 이동했다. 야전 무전기 하나로 미 7사단의 부대간 통신을 도청하고, 미군들을 피하기 위해 때로는 동서로 우회하지 않으면 안 되었기 때문에 행군은 더욱 고달팠다. 더구나 미 공군기를 피해 깊은 산속이나 야음을 타 행군해야 했기에 하루에 고작 30여 리밖에 나아갈 수 없었다.

낮과 밤을 바꿔 산 지가 벌써 얼마나 되었는지 기억조차 아득했다. 식사 때에 맞춰 끼니를 찾아 먹은 기억은 아예 없었다.

그들은 개구리 우는 소리를 신호로 행군을 시작하여 올빼미의 음울한 울음소리를 들으며 야간 행군을 하다가 새벽녘 산새들이 깃을 터는 소리에 행군을 중단했다. 대원 각자가 몸을 숨길 만한 곳을 찾아 그곳에서 3시간 동안 휴식하라는 지시가 내려졌다.

정사용은 낙엽이 소복이 쌓인 나무 밑에 동료들과 조금 떨어져 드러누웠다. 푹신한 낙엽이 그런대로 아늑했으나 밤사이 행군의 고통으로 온몸이 욱신거렸다.

정사용은 깜빡 잠이 들었다. 누군가 큰소리를 내며 그에게로 다가오고 있었다. 웃는지 울부짖는지 먼 거리에서는 분명하지 않았다. 가까이 왔을 때에야 그가 분대장임을 알았다. 그는 울부짖는 게 아니라 분명히 웃고 있었다. 정사용은 분대장의 상체를 언뜻 보고 소스라치게 놀랐다. 분대장은 갈라진 배에서 구더기를 한 주먹씩 집어내어 뿌리며 걸어오고 있었다. 집어내도 집어내도 구더기는 조금도 줄어들지 않았다.

분대장은 정사용에게 가까이 다가와서는 구더기 한 움큼을 쥔 손을 그의 얼굴 앞에 쑥 내밀었다. 마치 빨리 먹으라고 재촉하는 투였다. 정사용은 뒤로 물러서며 따발총을 들어 분대장을 겨누었다. 분대장은 구더기를 쥐지 않은 다른 손으로 심장을 가리키며 빨리 쏘아달라는 시늉을 했다. 정사용은 한 발짝 뒤로 물러서며 방아쇠를 당겼다. 그러나 방아쇠는 당겨지지 않았다. 뒤로 물러나려고 해도 발이 땅에 붙어 떨어지지 않았다. 분대장이 그의 눈앞에 구더기를 다시 디밀었다. 정사용은 개머리판으로 분대장의 머리를 후려치며 있는 힘을 다해 소리를 질렀다. 분대장은 조금도 물러설 기미를 보이지 않고 더욱 바짝 다가왔다. 정사용은 힘껏 소리를 지르려 했으나 소리가 나오지 않았다. 누군가 그의 입을 틀어막고 있었다. 정사용은 틀어막은 손을 깨물고 다시 소리를 질렀다.

그때 눈에 불이 번쩍하도록 뺨을 얻어맞고 정사용은 눈을 떴다. 그의 멱살을 잡고 다시 때릴 자세를 취한 어떤 전사와 눈이 마주쳤다. 뒤이어 여러 사람이 뛰어오는 모습이 보였다. 분노로 이글거리는 유 소장의 얼굴도 그 속에 섞여 있었다. 정사용이 다시 소리를 지르려 하자 참모장인 중좌가 권총을 빼 총구를 잡고 정사용의 머리를 향해 내리칠 자세를 취했다. 그 순간 정사용의 따귀를 갈겼던 의용군 출신의 전사와 다른 의용군 전사가 온몸으로 정사용을 와락 끌어안았다. 순간 표적을 잃은 참모장의 총은 그대로 허공에 머물고 있었다.

"이 새끼래 소리 질러 미 정찰병들에게 위치가 노출됐을지도 모르잖습네까? 이 새끼 그냥 두었다가 대원이 전멸되갔시요."

참모장이 유 소장에게 항의하는 투로 말했다.

"정찰병을 산등성이로 파견시켜 근처에 미군이 움직이나 확인해."

유 소장이 매우 못마땅한 표정으로 참모장에게 지시했다. 참모장이 명령을 수행하려고 자리를 뜨자, 유 소장은 측은한 눈으로 정사용을 본 후 그를 껴안고 있는 2명의 의용군에게 눈길을 돌렸다.

"서로 아는 사이인가?"

"아입니더."

"우리의 위치가 노출될 위험이 있다는 걸 알지?"

"예."

두 의용군은 동시에 대답했다.

"너희들, 이 친구 소리 지르지 못하게 할 자신 있나?"

"예."

두 의용군은 유 소장에게 애원하는 시선을 보냈다.

"좋아, 너희들 둘이 붙어 있어. 무슨 일이 있어도 소리가 나지 않도록. 알겠나?"

"예, 고맙십니더, 사단장님."

유 소장은 허리를 구부려 정사용의 어깨를 두어 번 다독거려주고 다시 자리를 떴다.

세 사람만 남게 되자 정사용은 아직도 근심 어린 표정을 짓고 있는 두 의용군에게 잠깐 악몽을 꾸었다고 변명 아닌 변명을 하며 정신이상 증상이나 발작이 아니라고 덧붙였다. 그들이 참모장의 행동을 막지 않았더라면 정사용의 머리통은 두 쪽이 났을 것이다. 위험을 무릅쓰고 자신을 감싸준 두 사람에게 고마움을 느꼈다. 그러나 한편으로는 그대로 두었더라면 차라리 모든 게 편히 끝났을지도 모른다는 아쉬움도 들었다.

그들은 유 소장의 지시를 어기면 자신들의 목숨도 부지하기 어렵다고 판단했는지 행군 중에도 정사용의 양옆에서 떨어지지를 않았다. 밤새 행군했지만 그들 사이에는 별다른 이야기가 오가지 않았다. 행군 중 대화가 금지되어 있기도 했지만 허기진 배를 움켜쥐고 무거운 발을 옮기는 것 이외에는 다른 데 마음을 쓸 여유가 없었다.

다시 날이 밝았다. 행군은 중단되었다. 세 사람은 은신 장소를 찾아 자리를 잡았다. 정사용이 눈을 붙이면 다시 고함을 지를지도 모른다는 염려 때문인지 두 의용군이 정사용에게 자신들 얘기를 들려주었다.

그들은 금년에 서울대학교 법대에 입학한 동급생들이라고 했다. 정사용보다 한 살이 많은 성의식과 신준희는 각각 상주와 대구 근교 반야월이 고향이었다. 두 사람 모두 외모가 훤칠했으나 성의식은 귀공자 타입이고, 신준희는 까무잡잡한 피부색에 운동선수처럼 보였다. 수원 근처에서 있었던 미군들의 공격에서 어떻게 살아남았느냐는 정사용의 질문에 둘 다 똑같이 사단 지도부와 행동을 같이해야 한다는 의무감으로 유 소장과 군관들을 뒤쫓은 덕분이라고 했다.

그들 둘은 정사용과는 달리 무슨 일이 있어도 살아남

아야겠다는 강한 의지를 보였다. 그들의 말을 들어보니 충분한 이유가 있었다. 둘 다 돌보아야 할 사람이 있었다. 성의식은 독자로서 늙은 부모의 권유에 못 이겨 6개월 전 중매결혼을 한 아내가 있었고, 신준희는 알코올 중독자인 남편의 갖은 학대에도 불구하고 혼자 힘으로 자식들을 키운 어머니가 있었다.

두 사람 다 중학교 5학년이 되고부터 레닌 사상에 물들었고 문학 서클을 통해 사상서적을 밤새워 읽으며 노동자, 농민의 해방을 위해 지주 계급에 맞서 싸우는 혁명을 생의 목적으로 삼았다는 것이었다. 둘은 단짝이 되어 사상운동을 펼치던 중 6·25가 터져 전세가 불리해지자 의용군으로 자원입대했다.

그들과의 대화에서 정사용은 놀라운 사실을 발견했다. 그들도 자신과 같이 공산주의에 대한 환상을 버렸다는 것이었다. 3개월의 공산치하 경험과 한 달도 안 된 참혹한 전쟁 경험이 그간 지녀온 공산주의에 대한 젊은 이상을 압도한 셈이었다.

4.

고랑포와 개성 외곽의 산악 지대를 지나던 날, 먼동

이 트기 전에 전사들은 행군을 멈췄다. 정찰병 3명이 돌아와 미군들이 전방 곳곳에 진을 치고 있다고 보고했다. 지휘부는 지도를 펴놓고 한참 동안 구수회의를 하더니 내원들을 산골짜기에 원형으로 집합시켰다. 사단장인 유경수 소장은 대원들을 향해 귀를 기울여야만 들릴 정도의 낮은 목소리로 말했다.

"동무들, 지금 바로 앞에 38선이 있소. 이곳까지 오느라고 고생이 많았소. 그런데 38선상에 미군들이 이미 진을 치고 있으니 오늘 야음을 기해 38선을 넘을 것이오. 그때까지 충분히 휴식을 취하시오. 지금 주위에 미군들이 산재해 있고 또 언제 정찰병이나 소탕병들이 나타날지 모르니 특별히 경계를 철저히 해야겠소. 38선을 넘으면 그곳에서 증원군과 합세해서 미 제국주의자들을 물리칠 마음의 태세를 단단히 합시다. 그리고 덧붙이겠소. 영명한 혁명 전사들이 그럴 리야 없겠지만 탈출하지 말길 바라오. 미 제국주의자와 이승만 괴뢰는 탈출병을 살려두지 않는다는 점을 명심하시오. 구차스럽게 목숨을 부지하느니 인민군대의 이름과 노동자 농민의 군인답게 혁명 과업의 전선에서 찬란하게 죽는 편을 택하리라 믿소. 우리의 투쟁은 모택동 동지와 레닌 동지가 앞서 그러했듯이 반드시 승리한다는 사실을 믿어야 하오. 각자

105탱크 부대의 명예를 되찾을 기회에 목숨을 아끼지 말도록 합시다."

유 소장은 말을 끝낸 후 주머니에서 견장을 꺼냈다. 그리고 미군 시체에서 벗겨 입고 왔던 파카를 벗어던지고 호위병에게 군복 위에 견장을 달도록 했다.

정사용과 성의식, 신준희 셋은 아늑한 골짜기를 찾아 나섰다. 동쪽에 있는 산봉우리 사이로 막 모습을 나타낸 붉은 해가 평야에 캠프를 친 미군 부대의 모습을 드러내 주었다. 수백 대가 넘는 탱크와 수없이 많은 중무기가 동서 일직선으로 배치되어 매우 위압적이었다. 미군들은 라디오의 큰 음악 소리에 맞춰 노래를 부르며 깡통 음식을 먹고 있었다.

갑자기 요란하게 들리던 라디오 소리가 뚝 끊기고 행진곡이 울려 퍼졌다. 잠시 후 어느 미국 정치인의 연설인 것 같은 방송이 엄숙하게 들리더니 곧 한국말로 통역되어 흘러나왔다. 그것은 북조선 당국에 무조건 항복을 요구하는 맥아더 극동군 사령관의 메시지였다. 세 사람은 서로가 알고 있는 날짜를 확인했다. 10월 2일 새벽이었다. 북조선 군대가 38선을 넘은 지 95일째가 되는 날이었다. 남편과 자식을 잃은 수십만의 여인들과 부모를 잃은 수많은 철부지 아이들의 눈물이 말라버린 후였다. 그리고 꽃다운 나이의 수십만 젊은이들이 희생된 후였다.

  미군들의 함성을 귓전으로 흘리며 세 사람은 산등성이를 기어내려와 숲속을 찾았다. 그들은 낙엽을 모아 셋이 겨우 누울 수 있는 자리를 마련했다. 셋은 누운 채 한참 동안 아무 말도 하지 않았다. 모두가 라디오로 방금 방송된 맥아더 장군의 항복 권고 메시지를 생각하고 있었다.
  "김일성 수상이 항복할까예?"
  정사용이 말문을 열었다. 성의식은 눈을 감고 있고 신준희가 말을 받았다.
  "안 할 낍니더……. 승산이야 어떻든 할 필요가 없지 않겠나. 패하더라도 지는 다시 소련군 장교로 복귀하면 될 끼고."
  "스탈린이나 모택동이 항복하라고 김일성 수상에게 권한다믄?"
  정사용이 다시 물었다.
  "그럴 일은 없을 끼요……. 소련과 중국이 미군과 대치하는 걸 막을라꼬 어떻게든 협상할 것 아이가."
  "그라믄 소련이 전쟁에 개입하믄?"

"소련은 개입 몬할 낍니더. 미국의 힘에 워낙 겁먹고 있으니께. 미국의 원조 없이는 독일과의 전쟁도 힘겨웠던 일을 그새 잊었겠십니꺼? 미국의 스팸 깡통이 없었더라믄 소련군은 히틀러군을 물리치지 못했을 낍니더."

 "모택동의 개입은 현실성이 있십니꺼?"

 "글쎄…… 미군과 압록강에서의 대치는 불안한 국내 사정이 허용치 않지만…… 막상 개입할라믄 원자탄의 위협이 있는 이상 쉽지 않을 낍니더."

 그들은 한참 동안 아무 말도 하지 않았다. 그들이 누운 바로 위 나뭇가지에 참새 두 마리가 앉아 있었다. 끊임없이 쨱쨱거리는 참새 소리에 그들 모두 귀를 기울였다. 이러한 전쟁의 와중에도 우주가 살아 움직인다는 사실이 놀라웠다.

 "북조선이 항복한다믄 우리는 우짜지?"

 신준희가 질문을 던졌다.

 "항복을 안 하더라도 전쟁에 져 북조선이 점령당하믄 우짜지? 정치 군관들 말처럼 포로가 되면 남조선은 우릴 죽이려 들까예?"

 신준희가 다시 물었다.

 "그럴지도 모르제. 그렇지만 내는 만주나 외국으로 도망가지는 않을 끼다."

성의식이 단호히 말했다.

"그라믄 뭐할라꼬?"

"아무도 없는 산속에 들어가 농사나 지으며 살란다."

"정형은?"

정사용은 어릴 적 포항 근처 바닷가에서 아버지와 함께했던 행복한 시간을 떠올렸다. 아버지와 아들 사이에 이데올로기가 끼어들지 않았던 평화스러운 때였다.

"글쎄요…… 지도 사람들이 없는 바닷가에서 고기나 잡으며 살랍니더. 바다를 보는 것을 좋아했십니더. 성형은?"

"내도 꽃을 키워 팔며 살랍니더. 매일 꽃을 보이 좋고 공들여 가꾼 꽃이 다른 사람의 손에 가믄 그들을 기쁘게 하니 좋고……."

그들은 각자 나름대로 먼 그날을 머릿속에 잠시 그려 보았다.

"만약 점령당하지 않는다믄…… 한 걸음 더 나아가 북조선이 전쟁에 이긴다믄?"

신준희가 다시 질문을 던졌다.

"의식아, 너는 뭐할 끼고?"

답이 없자 신준희는 동급생인 성의식을 다그쳤다.

"꽃이나 키아가며 살란다."

한참 동안 생각하던 성의식이 자신 있게 말했다.

"정형은?"

"바닷가에서……."

"내는 산속에서. ……그러니 우리 모두에게 이 전쟁은 어떻게 끝나든 인자 보이 상관이 없다 아이가."

신준희는 무슨 깊은 진실이나 발견한 듯 상체를 세우고 그들을 번갈아보며 말했다.

"정형, 정형은 어떤 책의 어떤 구절이 정형 사상에 가장 영향을 끼쳤십니꺼?"

신준희가 궁금하다는 눈빛으로 정사용을 쳐다보며 물었다.

"책이 아니라 노래라예. 〈인터내셔널가〉라는……."

"어느 대목이?"

"'자유란 모든 사람이 향유하지 않는다면 특권에 불과하다'는 구절."

"의식이 니는?"

신준희가 성의식에게 물었다.

"이태준의 『소련기행』에서 '모스크바, 이 도시에서는 인육을 파는 딸을 생각하고 내는 어머니의 한숨 짓는 소리는 들리지 않는다'라는 구절……."

"그라믄 니는?"

성의식이 신준희에게 물었다.

"「공산당 선언」의 마지막 말…… '노동자여 일어나라. 잃는 것은 쇠사슬뿐이고 얻을 수 있는 것은 온 세계다'라는 구절…….

그들은 침묵 속에 각자가 방금 한 말을 되새기고 있었다. 그들의 전쟁 경험이 그들 모두가 그토록 굳게 믿었던 구절에 회의가 들게 했다. 혹독한 전쟁을 경험하기 전과 달리, 그들이 그토록 가슴 깊이 새겨두었던 그 구절이 진실의 말이라기보다 선동 문구처럼 들렸다. 그것은 또한 그들 세 사람이 드디어 그들의 젊음을 사로잡았던 '로맨티스트'의 사고로부터 해방되는 순간이기도 했다.

해가 지고 어둑해지자 대원들은 출발 준비를 서둘렀다. 이북이 고향인 대부분의 정규군은 고향을 찾아가는 흥분에 들떠 있었다. 반면 정사용을 포함한 의용군 10여 명은 정든 고향과 부모를 영원히 등지는 침울한 기분을 숨길 수가 없었다.

38선에서 더 이상의 진격을 중지하고 주둔해 있는 미군 방위선을 빠져나가기는 쉬운 일이 아니었다. 그들은 3조로 나뉘어서 200여 미터씩 간격을 두고 가장 험준한 산을 넘기 시작했다. 다행히 대원들은 별 희생이 없이 밤 동안 행군하여 날이 밝아올 무렵에는 드디어 38선 북쪽에 포진한 인민군 부대와 합세할 수 있었다.

그곳의 인민군 부대는 장비는 보잘것없었으나 북진하던 정사용 부대의 처지와 비교하면 정규군의 위용을 엿볼 수 있었다. 그러나 지나오면서 본 미군과는 적수가 될 수 없을 정도의 규모였다. 만약 미군이 밀어붙이면 단번에 허물어질 게 뻔했다. 정사용은 계속해 북상하기를 마음속으로 바랐다.

오전 10시경 유 소장이 대원들이 모인 곳으로 와 이곳에서 증원군과 보충 장비를 기다리기로 방침을 정했다고 알려주었다. 유 소장이 화난 표정으로 자리를 뜨자, 정치 군관이 나와 충분한 장비가 이곳으로 오고 있는 중이라며 중공군이 올지도 모른다는 말을 은근히 비쳤다. 그들은 삼삼오오 흩어져 참호를 파고 대기 상태에 들어갔다. 정사용과 성의식, 신준희 세 사람이 같은 참호에 있게 되었다. 그들은 그곳 참호로 배급된 꿀맛 같은 주먹밥을, 언제 미군의 포격이 들이닥칠지는 몰랐으나 천천히 먹는 여유를 가졌다. 정사용은 주먹밥 하나로 반나절을 견뎌야 하는 자신들이 고기 깡통을 반쯤도 먹지 않고 버리는 미군들과 싸워 이기기는 힘들 것이라고 생각했다.

그들은 참호 속에서 미군의 포탄이 언제 떨어질지 모르는 공포감과 중공군이 도착하리라는 희망이 반반씩 섞인 하루를 보냈다.

다음날도 아무 일 없이 지나갔다. 그들은 그때부터 미군들이 38선을 넘지 않으리라 예상하게 되었다. 미군이 이제껏 38선을 넘지 않은 사실로 보아 미군의 군사 작전이 38선 이남으로 제한되었을지도 모른다는 희망을 갖기 시작했다. 그들뿐만 아니라 다른 전사들도 평화가 머지않았다고 들떠 보였다.

정사용은 지루한 전쟁에서 살아남은 스스로를 자축하는 기분이 들었다. 그러나 기다리던 평화가 '허무함' 이상이 아님을 알고는 우울해졌다. 내일도 무엇인가 예측할 수 없다는 사실이 남아 있는 전쟁이 계속되었으면 하는 마음마저 들게 했다. 고향과 부모를 등진 평화를 어떻게 견디어야 할지 암담했기 때문이었다. 부모님은 생전에 무슨 죄를 졌기에 아들 때문에 고통을 짊어져야 하며, 자신은 무슨 업으로 부모에게 고통을 주는 아들 역할을 맡았는가 하고 자문해보았다. 대답 대신 슬픔이 그의 가슴을 짓눌러왔다.

이러한 슬픔은 정사용만 느낀 것이 아닌 듯, 침울한 표정을 짓고 있던 그들은 슬픔에서 빠져나오려고 누가 먼저랄 것도 없이 행복했던 시절들을 늘어놓기 시작했다. 상주 지역 출신인 성의식은 한겨울 밤에 광에서 꺼내온 언 홍시 맛은 어느 과자하고도 비교할 바가 아니라며 입술을 핥는 시늉을 했다. 그리고 한여름이면 속리산에서 흘러내리는 동네 앞 시냇물에 멱을 감으면 하루 종일 나오기가 싫을 정도로 시원하다고 했다.

그에 질세라 대구 근교 반야월 출신인 신준희는 초가을에 내의 바람으로 남의 집 과수원에 들어가 달빛 아래 어적어적 훔쳐먹는 홍옥 맛은 대구 출신이 아니면 알 수 없을 것이라고 했다. 여름 방학 동안 시장 바닥에 멍석 하나만을 깔고 별을 보며 곤히 잠들었다가, 누워 있는 머리맡으로 지나가는 달구지 소리에 눈을 떠 아침을 맞이하던 행복했던 과거를 신이 나 떠들어댔다.

정사용은 인근의 못된 학생 깡패 두목을 혼내주었던 이야기와 영화표를 팔아 패거리들 활동 자금을 마련했던 일 등을 떠벌렸다. 그러다가 학생운동을 한다고 부모님 속을 썩였던 일들에 생각이 미치자 그동안 이야기했던 자신의 과거가 부끄럽게 여겨졌다. 이데올로기 때문에 일어났던 아버지와의 끊임없는 마찰, 항상 희생만 했던 어머니……. 그는 이러한 과거를 지우고 싶었다. 다만 그에게 고이 간직하고 싶은 과거가 있다면 그것은 어릴 적 아버지와 같이 갔던 바닷가라고 그는 생각했다.

5.

참호 생활을 시작한 지 5일째 되는 날 가을비답지 않게 굵은 비가 쏟아졌다. 신준희가 타고난 능력을 발휘해 여러 곳을 다니며 나무 널빤지를 구해 와 돌로 귀퉁이를 괴고 참호 위에 지붕을 엮어 비를 피할 수 있었다. 그러나 습기 찬 참호 속에 있는 세 사람은 차츰 우울한 기분에 빠져들었다. 그러한 분위기를 바꿔보려고 신준희는 기분이 좋은 체하며 성의식에게 장난기 섞인 투로 말을 걸었다.

"의식아, 니 색시 말이다. 정말 사랑했나?"

성의식은 엉성한 지붕 틈새로 떨어지는 물방울을 손바닥으로 받으며 우울한 표정으로 아무 대답도 하지 않았다. 신준희가 난감한 표정을 지었다. 장난이라도 치고 싶어하는 신준희의 본뜻을 알아차린 성의식이 이내 기분을 맞춰주려고 했다.

"내도 모르겠다. 착한 여자라는 것은 확실하고……. 큰누이와 부모가 불러 장가가지 않으면 천하에 용서 못할 불효자식이 될 끼라고 엄포를 놓는 통에 결혼을 했는데, 진짜 일주일밖에 신접살림을 안 한 기라. 서울에 있을 때 우찌하면 색시를 시골에서 끄집어낼 수 있나 궁리를 많이 했다 아이가."

"와, 어무이가 그래 심하게 시집살이를 시키드나?"

"어무이가 할머니한테 당하는 걸 내도 봤으니까, 어무이도 며느리한테 그리 안 하겠나……."

"그래 니 색시 어떻드노?"

"어떻기는…… 그냥 착한 여자라이께. 우짠지 평생을 내 때문에 고생할 여자 같아 미안한 감이 들었제."

"고생 안 시킬라믄 우얄 끼고?"

신준희가 장난기 어린 목소리로 물었다.

"글쎄…… 내가 혹시 죽거들랑 니나 정형이나 둘 중에 하나가 살아서 내 색시한테 가서 말해주소. 울 어무이 밑에서 시집살이하지 말고 좋은 남자 만나 시집가라고."

"우리가 다 살아도 비라묵을 통일이 돼야 니 색시한테 갈 수 있잖겠나?"

"그라고 보니 그래 됐네. 우얄 끼고. 지가 알아서 하겠지 뭐."

신준희의 말에 성의식이 답했다. 전쟁 중 참호 속에서 빗물에 젖어 쾌활해지기란 쉬운 일이 아니었으나 신준희는 포기할 뜻을 보이지 않았다.

"정형, 연애 얘기 한번 해보소."

"연애를 해본 적이 있어야 하지예."

"아따, 와 이캐쌓노. 그 나이에 연애 한번 안 해본 사람이 어딨소?"

없는 이야기를 지어서라도 기분을 바꾸어보고 싶었지만 책에서 본 줄거리도 떠오르지 않았다. 특히나 비 오는 이런 날 마음에 그릴 여자가 있다면 이렇게 짓궂은 날도 얼마든지 환영할 것 같았다.

"내 얘기보다 신형 연애한 얘기나 해보소."

"사실 난 연애했던 여자가 없소. 장터에서 국밥집 하는 아들하고 누가 연애할라 카겠소. 서울 법대에 들어간 후 문둥이 같은 대구 가시나는 치워뿌고 멋쟁이 서울 가시나하고 연애 한번 할라 캤는데 그노무 이데올로긴지 뭔지 때문에 어물어물하다 이래 안 됐능교……. 좀 더 살면서 연애라도 해야지 지금 죽으면 좀 후회할 끼라."

누군가 머리 위에 있는 널빤지를 두드렸다. 널빤지를 옆으로 치우자 유 소장의 웃는 얼굴이 보였다. 세 사람은 깜짝 놀라 부동자세를 취하려고 했다. 바닥에 물이 찬 좁은 참호 속에서 허둥대는 그들의 모습을 본 유 소장은 그대로 있어도 좋다는 손짓을 했다.

"자네 좀 어떤가?"

유 소장은 정사용을 보며 물었다.

"괜찮십니더, 사단장 동무."

"좋아, ……뚜껑은 덮어도 좋으나, 세 사람 중 한 사람은 반드시 눈을 뜨고 있어야 돼. 오늘부터 2, 3일이 고비야……. 나도 자네들 뒤 참호에다 지휘부를 설치해놓았으니까, 무슨 일이 있으면 그리로 오게."

"사단장 동무, 한 가지만 물어봐도 되겠십니꺼?"

신준희가 겁 없이 말했다.

"저희들은 남한 출신 의용군인데 북조선에서 무얼 하믄 좋겠십니꺼?"

"자네들 무슨 공부했나?"

"법학과 1학년 다니다 말았십니더."

"그래? ……탱크 부대로 오게. 거기서 디젤 타는 냄새를 맡으며 탱크를 부리다 보면 젊은 피가 끓을 걸세. 젊음을 불사를 가치가 있지."

"생각해보겠십니더."

"그때까지 살아남는 게 자네들이 당면한 목표지. 그렇지 않나?"

"알겠십니더."

"좋았어. 수고하게. 한 사람은 눈을 바짝 뜨고 있을 것!"

그는 자상한 맏형인 양 미소를 지으며 떠났다. 떠날 때 널빤지를 다시 제자리로 옮겨놓아주었다. 그가 떠나자 신준희는 미소를 지으며 말했다.

"산꼴에서 농사 지을 끼 아이라, 탱크 부대에 가서 젊음을 불살라봐? 의식이 니는 우예 생각하노?"

"니 맘대로 해라."

성의식은 농담일지라도 그런 소리 말란 투였다.

"아이다. 결심한 대로 내는 산속에서 농사나 짓고 살 끼다. 새소리를 듣고 활짝 핀 꽃을 보며 아무 생각 않는 가운데 그날그날이 행복하다고 내 자신에게 큰소리로 말하며 살 끼다."

신준희는 혼잣말로 머리 위에 닫힌 널빤지를 올려다보며 중얼거렸다.

10월 8일은 참호 생활을 시작한 지 일주일째 되는 날이었다. 전사들은 말할 것도 없고 군관들까지도 마침내 전쟁이 끝을 보게 될 거라는 희망에 들떠 있었다. 동부전선에서는 남·북조선군이 대치하여 소규모 전투를 계속하고 있다는 소문과 국방군이 북쪽으로 진격하고 있다는 소문이 나돌았으나 전사들의 정신상태가 해이해지는 것을 막으려는 의도로만 받아들여졌다. 미 공군의 폭격은 중단되었으며 벌써 일주일 동안이나 미군이 38선을 넘어오거나 포격을 하지 않았다. 구름이 걷히고 오후에 따스한 햇살이 드러나면서 전사들이 이곳저곳에서 참호를 나와 웃통을 벗고 햇볕을 맘껏 쬐었다. 군관들도 그러한 그들을 못 본 체했다. 정사용 패도 참호 밖으로 나와 웃통을 벗은 채 드러누웠다.

신준희가 어디론가 슬그머니 없어지더니 얼마 후에는 물 한 통을 들고 왔다. 어떻게 된 일이냐는 물음에 신준희는 갖고 있던 만년필을 사단본부에서 물 한 통과 바꾸었다며 풀숲으로 가자고 했다. 그곳에서 그들은 벌거벗고 온몸에 물을 끼얹었다. 하늘을 날듯이 상쾌했다. 뼈만 앙상하게 남은 서로의 몸을 보며 이제라도 전쟁이 끝나기를 간절히 바랐다. 얼마 동안 전쟁을 더 끈다면 모두가 말라 죽을지도 모를 지경이었다.

성의식은 웃통을 벗은 앙상한 등허리를 햇볕에 내놓은 채 엎드려 편지를 썼다. 정사용과 신준희는 신발도 벗어 던지고 바지만 입은 채 두 손으로 머리를 괴고 그간 못 받았던 햇볕을 한꺼번에 받아들이는 양 눈을 감고 누워 있었다. 성의식이 수첩을 찢은 종이와 몽당연필을 신준희에게 건네주며 편지를 쓰려면 쓰라고 말했다. 신준희는 눈을 감은 채 그대로 정사용에게 넘겨주었다. 정사용

은 그것을 받아쥐며 편지 쓸 상대를 떠올렸지만 마땅한
상대가 떠오르지 않았다. 종이와 연필을 다시 신준희에
게 주며 정사용이 말했다.

"내는 편지 보낼 사람이 없으니 신형이나 쓰이소."

신준희는 눈을 감은 채 그것을 받아들고 얼마간 있다
가 입을 열었다.

"혹독한 전쟁을 직접 치르고 나니께 깨달은 게 있소."

"그게 뭡니꺼?"

정사용이 물었다.

"우리 모두는 그들에게 개·돼지처럼 이용당했다는 거
요."

"그들이 누굽니꺼?"

정사용이 물었다.

"김일성, 스탈린, 트루먼······. 그래서 그들에게 욕이
라도 실컷 하고 싶소."

"무슨 욕을 하고 싶은데예?"

정사용이 다시 물었다.

"내가 부를 테니 정형은 받아쓰소."

신준희가 종이와 연필을 정사용에게 주며 말했다.

정사용은 엎드려 연필심을 혓바닥에 댔다. 어떤 욕지
거리 편지일지 기대가 되었다. 그도 똑같이 그들에게 욕

을 해주고 싶은 심정이었다. 신준희는 눈을 감은 채 엄숙하게 운을 뗐다.

"김일성 보아라. ……최전선에서 싸우고 있는 역전의 삼총사가 너를 위해 전하는 말이니 부디 명심해서 자손 대대로 전하도록 해라. 도대체 너는 어쩌자고 겁 없이 미국놈하고 전쟁을 일으켜 죄 없는 사람들을 많이 죽이고 있니?"

정사용은 얼떨떨한 표정으로 신준희를 보았다.

신준희는 여전히 눈을 감은 채 진지한 얼굴을 하고 있었다. 정사용은 성의식과 시선이 마주치자 크게 웃었다. 신준희는 조금도 웃음기 없는 목소리로 점잖게 계속 말했다.

"빨리 받아적으소. 명문의 편지는 떠오르는 영감을 놓치면 안 되오. ……김일성 너한테 부디 충고하니 앞으로는 코 큰 놈들한테 공연히 깝죽대지 말아라. 그리고 앞으로 전쟁놀이는 하지 말고 계집질이나 하도록 해라. 삼총사로부터."

"다 됐습니꺼?"

정사용이 웃음을 참으며 짐짓 심각한 목소리로 점잖게 물었다.

"또 있소. ……스탈린 보아라. ……세상 쓴맛 단맛 다본 네가 어찌하여 일주일이면 끝내겠다는 애송이 말을 믿고 이런 큰일을 저질렀니? 부디 부탁이니, 앞으로는 뚱뚱한 동양 사람 말은 믿지 않도록 해라. 그리고 이왕 싸움을 부추겼으면 쌕쌕이라도 몇 내 보내줘야지. …… 크렘린 궁에 처박혀 있으면 어떡하니? 네 마음도 알 만은 하다. 미국놈들한테 워낙 겁이 난 모양인데, 그럴 거면 이 미친놈아! 애초에 싸움은 왜 부추겼니? 삼총사로부터."

한 박자 쉬었다가 신준희가 눈을 감은 채 덧붙여 말했다.

"한 장 더 있소."

여전히 눈을 감은 신준희의 심각한 표정이 그의 얼굴에서 떠나지 않았다. 정사용과 성의식 두 사람은 그를 보고 웃음이 터져 나오려는 걸 참으려고 무던히 애를 썼다.

"트루먼 보아라. ……사람이란 무슨 일이든지 정도껏 해야 하거늘, 너는 어찌하여 무대포식으로 폭탄이란 폭탄은 다 쓸어다가 이 조그마한 땅덩어리에다 퍼붓고 있나? 아주 황색인종을 지구상에서 말살시키고 싶으냐? 히로시마와 나가사키에서 네가 죽인 수십만 황색인종으로도 네 성이 안 차는 모양이구나. 그러나 안심하지 말아라. 황색인종이 네 후손들을 부려먹을 날이 올 것이다. 삼총사로부터."

편지 내용을 다 불러준 신준희가 그때서야 벌떡 일어났다. 그러고는 무슨 기발한 아이디어가 생각난 듯 무릎을 탁 쳤다.

"좋은 아이디어가 있소. 우리 셋이서 연극을 합시더. 김일성, 스탈린, 트루먼이 바로 이 시각에 이 자리에서 만난 거요. 전쟁을 계속하느냐, 안 하느냐가 결정될 마당이오. 우리들처럼 이렇게 웃통을 벗고 맨발인 채로. ……먼저 무대와 등장인물 소개……."

잠시 사이를 두었다가 신준희가 입을 열었다.

"한반도 38선 부근 서부전선의 어느 들판, 때는 1950년 10월 8일, 오후 5시 10분. 등장인물, 우량아 김일성, 콧수염을 자랑하는 스탈린, 금테 안경을 낀 트루먼! 정형은 김일성, 의식이는 스탈린, 나는 트루먼 역…… 김일성은 평소에 무서워했던 트루먼의 왜소한 체구를 보고 자신이 생긴 듯 너털웃음을 웃으며 트루먼에게 손을 내밀었다. 투르먼은 김일성이 내민 손을 업신여기는 듯 한참을 내려다본 후 마지못해 손을 잡으며 한마디 했것다."

트루먼의 카랑카랑한 목소리를 흉내 내며 신준희가 매우 못마땅하다는 표정으로 대사를 시작했다. 서울 말씨였다.

"순진하게 생긴 우량아가 너무 큰일을 저질러놨어. ……무슨 일이든 앞뒤를 좀 생각하고 해야지, 원 참!"

"코 큰 아저씨는 그냥 보고만 있지, 뭐 먹자고 끼어들어 이 고생이오?"

김일성 역을 맡은 정사용이 배를 쑥 내밀고 받아넘겼다.

"어허, 이왕 만났으니 서로 기분 건드리지 말고 앉아서 얘기나 나눕시다."

스탈린 역을 맡은 성의식이 간사한 미소를 지으며 트루먼을 달래는 시늉으로 말했다.

"얘기는 무슨 놈의 얘기요? ……일이 다 끝났는데 손 드는 일만 남았지."

트루먼이 말했다.

"남자새끼가 한 번 칼을 뽑았으면 끝장을 보는 것이지, 손은 왜 들어요? 천만의 말씀……."

김일성이 받아넘겼다.

"우리 쌕쌕이가 작살을 낼 모양인데 우예 견딜라 카노?"

트루먼이 경상도 사투리로 그럴싸하게 받아넘겼다.

"작살나믄 내가 작살나나. ……순진한 젊은이들이 작살나제, 내는 상관없단 말이다."

김일성도 질세라 경상도 억양으로 받았다.

"맞다, 맞다! 우리 소련 국민이 작살나나? 한민족이 작살나제."

스탈린도 마찬가지로 경상도 억양으로 답했다. '맞다, 맞다'라고 할 때는 어린아이처럼 손뼉까지 치며 말했다.

"맞다, 맞다. 깨지면 우리 국민이 깨지나, 애매한 폭탄만 깨지제."

트루먼이 똑같이 손뼉을 치며 말했다.

"참 당신은 독한 사람이오."

스탈린이 심각한 표정 속에 트루먼에게 말했다.

"당신보다 독하지 않소. 당신은 인류 역사상 가장 악독한 폭군이오."

트루먼이 되받아쳤다.

"그럴지도 모르지. 하지만 내가 당신만큼 잔인할 수는 없소."

"무슨 말이오?"

"2차 세계대전 말 나는 설령 우리 소련이 원자탄을 보유했더라도 독일에다가 전쟁과 관계가 없는 어린아이와 부녀자를 한꺼번에 죽이는 원자탄을 떨어뜨리진 않았을 거요."

"아니요. 두 도시가 아니고 여러 독일 도시에 원자탄

을 떨어뜨렸을 거요."

"그렇지 않소. 우리 소련이 망하기 직전이면 몰라도 전쟁 말에 이미 독일이 지게 되어 있었는데 그때는 절대로 내 양심이 원자탄 투하를 허용치 않았을 거요."

스탈린의 말이 끝난 후 세 사람은 서로의 얼굴을 쳐다보았다. 자신들이 생각해도 꽤 괜찮은 대사가 나왔다고 스스로들 감탄하는 표정이었다. 스탈린 역을 맡은 성의식의 대사가 김일성 역을 맡은 정사용으로 하여금 어떤 영감을 떠올리게 했다. 김일성은 자신 있게 트루먼 역을 맡은 신준희를 향해 입을 열었다.

"트루먼 당신은 절대로 독일에는 원자탄을 떨어뜨리지 않았을 거요. 안 그렇소?"

머뭇거리는 신준희에게 정사용이 다시 쏘아붙였다.

"당신은 지독한 인종차별주의자요. 언젠가 동양인이 복수할 거요."

정사용의 말이 그럴듯하다는 듯 그들은 모두 잠시 생각에 잠겼다. 그러다가 신준희가 불쑥 웃는 얼굴로 성의식에게 말했다.

"우리 모두 전쟁 전으로 돌아가서 우리가 겪은 전쟁은 잊어뿌고 희곡 창작에만 몰두하면 어떻겠노?"

"우리는 결코 전쟁 전으로 돌아갈 수 없을 끼라. 우리와 같이 상처받지 않은 모든 사람을 의혹의 눈으로 보게 될 끼구만. ……어쩌면 그들 모두가 적으로 보일지도 모르제."

"모두가 적이면, 친구는 어데서 찾는단 말고?"

성의식의 말에 신준희가 질문을 던졌다.

"불행하게도 우리가 겪은 전쟁은 친구를 찾을 곳을 알려주지 않았고, 적이 있는 곳만 알려준 것 같다는 생각이 듭니더."

정사용의 말에 그들은 한참 동안 침묵을 지켰다.

잠시 생각에 잠기는 듯하던 신준희가 입을 열었다.

"무슨 일이 일어난데도, 내는 특별히 후회할 것도 없다. 그런대로 하고 싶은 일도 생각나는 대로 했고, 또 전쟁도 치렀으니 됐고……. 남자는 전쟁에서 목숨을 잃는다는 게 병들어 늙어 죽는 것보다야 훨씬 낭만적이 아니겠나? ……그런데 딱 한 가지 걸리는 게 있단 말이다. 술주정뱅이 아부지를 누가 말리겠노? 말릴 사람이라곤 내밖에 없는데, 어무이가 당할 생각을 하이 참말로 안타깝다……."

성의식이 그의 말을 받았다.

"하고 싶은 대로 했다는 말이 참 맞다. 그라고 보니 내도 하고 싶은 대로 하면서 살아온 거 같데이. 아무것도 모르는 색시가 불쌍은 하지만……. 누가 그랬제? '인생은 과감한 모험이든지 그렇지 않으면 아무것도 아니다'라고…….''

"헬렌 켈러가 했제. 그 여자는 장님이었으니께 인생이 과감한 모험일 수밖에…….''

성의식의 말에 정사용이 끼어들었다.

"우리 모두가 장님이라면 인생이 어떨까예? ……인간이 저지른 더러운 짓을 보지 않아도 되고, 새들의 노래와 바람에 산들거리는 나뭇잎 소리를 들으며 얼마든지 아름다운 자연을 상상할 수 있고, 또 인간을 외모로 판단하지 않고 낮과 밤, 맑은 날과 구름 낀 날을 마음대로 상상할 수 있을 끼라예.''

10월 10일, 밤이 다가오자 전사들은 전쟁이 끝나가고 평화가 다가온다는 걸 의심치 않았다. 내일쯤 휴전 협상을 진행하든지 미군이 일방적으로 휴전을 선포할 것이라고 예상했다. 북조선 출신인 105탱크 부대 전사들은 고향에 돌아갈 수 있다는 흥분에 사로잡혀 참호에서 나와 내복만 입은 채로 군복을 빠느라고 정신이 없었다. 군관들도 전사들의 행동을 말리지 않았다. 오히려 그러한 전사들을 웃음으로 대했다. 정말로 놀라운 변화였다. 때에

따라선 평화의 힘이 전쟁의 힘보다 더 막강하다는 걸 정
사용은 실감했다.

　남조선 출신 의용군들은 돌아갈 고향이 없었다. 그러
나 그들에게도 평화는 아름다웠다. 신준희는 사람의 발
길이 닿지 않는 어느 산골을 골라 농사지을 생각을 하고
있었고, 성의식은 키울 꽃의 종류를 머리에 그리고 있
었으며, 정사용은 울퉁불퉁한 바위 위로 파도가 내리치
는 조용한 바닷가를 머릿속에 그려보고 있었다. 그들은
낯선 땅을 고향 삼아 남은 생애를 파란이 없이 조용하게
보낼 수 있기를 간절히 원했다. 한 번의 전쟁으로 인생
의 파란은 충분했다. 어떤 목적에서라도 그 이상의 혼란
은 원치 않았다.

　정사용은 인생의 동반자로 삼을 순박한 북조선 여자
를 나름대로 상상해보았다. 아름답거나 세련된 여자가
아니었다. 조용한 바닷가에 떠오르는 붉은 태양을 함께
볼 수 있는 그런 여자를 찾기로 했다. 그는 남남북녀라
는 말을 머릿속에 떠올렸다. 그 말은 조상 대대로 내려
온 말이니 분명히 옳을 거라고 생각했다. 그렇다고 남쪽
의 가족들은 영원히 못 만나리라고 단정을 내린 것은 아
니었다. 언제든 통일이 되어 헤어진 가족을 만날 수 있
으리라는 희망은 버리지 않았다. 그러나 구태여 조급하

게 생각하거나 미련을 갖지 않기로 했다.

그들은 새로운 희망을 품고 참호 속에서나마 달콤한 잠에 빠져들 수 있었다. 세 사람은 잠들기 전 내일 아침 일찍 해가 뜨는 걸 보자고 약속했다. 평화 시대에 뜨는 해는 그들이 전쟁 중에 보아두었던 진절머리 나는 해와는 다를 것이라는 확신을 가졌기 때문이었다.

6.

정사용은 참호 밖에서 들려오는 누군가의 말소리에 놀라 눈을 떴다. 잠들기 전 아침 해가 뜨는 걸 보자고 한 약속을 떠올리며 성의식과 신준희를 깨우려고 했으나 그들의 숨소리가 너무 곤하게 들려 얼마 동안 그대로 두기로 했다.

정사용은 밖에서 나는 말소리에 귀를 기울였다. 사단장인 유 소장과 참모장이 여느 때와 같이 동이 트기 전 전투태세를 점검하는 중 참호 옆을 거닐며 나누는 이야기 같았다.

어느새 성의식이 부스스 눈을 비비며 일어나 참호 밖으로 나가고 있었다. 소변을 보기 위해 숲을 찾아가는 듯했다. 성의식은 참호를 나가면서 참호 밖에 있는 사단장과 참모장을 보고 부동자세로 경례를 하는 것 같았다. 바로 그 순간…….

10월 11일, 동트기 일보 전이었다. 불행하게도 동이 트기도 전에 포탄이 앞질러왔다. 갑자기 온 사방이 대낮이 된 것같이 환하게 밝아왔다. 곧이어 요란한 폭음이 들렸다. 신준희와 정사용은 동시에 몸을 반쯤 일으켰다. 그때 참호 옆으로 묵직한 것이 떨어지는 소리가 들렸다. 둘은 똑같이 두 손으로 머리를 감쌌다. 참호를 덮었던 널빤지가 날아가면서 그들이 꿈꾸었던 평화가 산산조각이 났다는 걸 알았다.

정사용이 참호 밖으로 고개를 내밀고 살펴보니 사단장과 참모장이 뒤쪽에 있는 그들의 참호로 뛰어가는 모습이 눈에 들어왔다. 다시 한 번 번쩍하는 섬광이 순간적으로 정사용의 시야를 하얗게 만들었다. 잠시 후 사단장이 쓰러져 있는 모습이 보였다. 사단장은 손을 앞으로 내밀며 앞서 가는 참모장에게 도움을 청하는 것 같았다. 참모장은 뒤돌아보지 않고 그대로 후방으로 뛰어갔다. 정사용은 사단장에게 가려고 상체를 참호 밖으로 내놓았을 때 참호 옆에 쓰러진 성의식을 보았다.

정사용이 신준희에게 소리쳤다.

"성형이 쓰러졌소!"

두 사람은 번개 같은 동작으로 성의식을 참호 안으로 끌어들였다. 정사용의 무릎을 베고 반듯이 누운 성의식의 표정은 매우 평온해 보였다.

"성형! 성형! 성형!"

"의식아! 의식아! 의식아!"

둘이 연거푸 부르는 소리에도 성의식은 아무런 대답이 없었다.

정사용이 손목을 만져보니 맥이 뛰지 않았다. 믿을 수가 없었다. 성의식의 머리를 받치고 있는 그의 왼쪽 팔에 끈끈한 액체가 흘렀다. 포탄이 터지는 섬광에 비친 성의식의 머리 뒷부분은 이미 날아가버리고 없었다. 그들은 성의식이 죽었다는 걸 알았다. 슬퍼할 겨를이 없었다. 아니, 슬퍼할 필요가 없었다. 오히려 단 한순간의 고통으로 죽음을 당한 성의식이 부러웠다.

포탄이 우박처럼 쏟아지고 있었다. 참호 밖으로 나가 사단장이 쓰러져 있는 곳으로 달려가는 정사용을 따라 신준희도 뛰었다. 그들은 사단장을 근처에 있는 참호 속으로 끌어들였다. 사단장 유경수 소장은 의식을 잃은 상태였다. 피가 몹시 흐르는 복부를 군복 하의를 찢어 힘껏 동여매었다. 믿기 어려울 정도로 한순간에 포격이 멎었다. 그와 동시에 자욱한 연기 속에서 고통에 울부짖는 소리가 들려왔다. 정사용은 적이 보인다면 그들 앞에 나서서 '나도 죽여달라'고 소리지르고 싶었다.

갑자기 신준희가 '탱크 부대다' 하고 낮은 소리로 말했다. 정사용은 소리 나는 쪽을 향해 귀를 기울였다. 멀리서 은은하고도 묵직하게 대지를 울리는 소리가 들려왔다. 마치 연극의 서막을 알리는 소리 같았다. 그들은 이쪽으로 오고 있는 탱크 밑에 깔려죽든지 도망을 가든지 둘 중 하나를 택하지 않으면 안 되었다.

정사용이 참호 밖으로 나가려고 상체를 내밀자 후방에서 기관총 소리가 나며 머리 바로 위로 총알이 지나갔다. 참호 속으로 다시 들어가 얼마 있으려니 탱크 소리가 이젠 뚜렷이 들려왔다. 그들은 유 소장의 양팔을 한 쪽씩 어깨에 걸치고 다시 참호 밖으로 나갔다. 또다시 기관총 소리가 요란하게 들려왔다. 총알이 머리털을 스치는 것 같았다. '후퇴하지 마라, 후퇴하는 자는 누구든 총살이다'라고 외치는 참모장의 목소리가 기관총 소리에 섞여 들려왔다. 그들은 다시 참호 속으로 들어가 벽에 기대었다. 탱크에서 쏘아붙이는 기관포 소리가 점점 가까워졌다.

신준희가 벌떡 일어나면서 '내 뒤를 따라오소! 참모장은 막상 총을 못 쏠 끼요'라고 한 후 참호 밖으로 나갔다.

의식을 잃은 유 소장을 등에 업고 정사용도 뒤따라 나갔
다. 신준희는 기관총 소리가 났던 방향으로 뛰어갔다.
정사용도 유 소장을 업은 채 신준희를 뒤따라갔다. 순간
기관총이 불을 뿜었다. 앞에서 뛰어가던 신준희가 털썩
땅에 쓰러지면서 그가 들고 있던 따발총이 내동댕이쳐졌
다. 그러나 신준희는 다시 힘들게 일어나 대검을 뽑아들
고 기관총이 장치된 참호 쪽으로 쩔뚝거리며 두 발자국
걸어갔다. 그는 기관총이 장치된 참호 앞에서 잠시 상체
를 뒤로 젖히고 상처받은 짐승이 울부짖듯 소리친 후 참
호를 덮쳤다.

　유 소장을 등에 업은 채 신준희 뒤를 따르던 정사용은
기관총이 걸려 있는 참호 앞에 이르렀다. 신준희는 이
미 쓰러져 있었다. 참모장과 기관총 사수는 자신들을 덮
치고 쓰러진 신준희의 몸뚱이를 젖히는 중이었다. 정사
용은 유 소장을 업은 채로 그들을 향해 따발총을 쏘아댔
다. 첫 살생이었다. 정사용은 신준희를 보았다. 하늘을
향한 그의 얼굴은 눈을 크게 뜨고 있었고 벌어진 입에서
는 피가 흐르고 있었다.

　정사용은 신준희가 죽었다는 것을 알았다. 그는 탱크
소리가 바로 뒤에서 따라오는 듯해 있는 힘을 다해 달렸
다. 미친 듯이 뛰다가 주저앉을 정도가 되어서야 탱크

소리와 총 소리가 멎은 걸 알았다.

미군들은 첫 번째 방어선을 짓밟아버린 후 조직을 재정비하고 있는 것 같았다. 정사용은 유 소장을 업은 채 차도로 향했다. 유 소장은 과다한 출혈로 언제 숨이 끊길지 모르는 상태였다. 정사용은 유 소장의 숨소리를 등 뒤로 느끼며 계속해서 걸어갔다. 차도를 따라 북쪽으로 걸어가는 도중 번쩍하는 섬광에 뒤로 나자빠졌다.

다시 일어나 유 소장을 찾으려는데 앞이 보이지 않았다. 아무것도 보이지 않았다. 눈을 비볐으나 몹시 따가울 뿐이었다. 여전히 아무것도 보이지 않았다. 그는 괴성을 지르며 눈을 문질렀으나 고통만 더할 뿐이었다. 그는 정신을 잃고 그 자리에 쓰러졌다.

7.

정사용이 국경 근처 숲속의 고급 군관만을 위한 중공군 야전 병원에 입원할 수 있었던 것은 순전히 전쟁터에서 입은 복부 부상으로부터 완전히 회복한 유 소장의 특별 부탁 때문이었다. 그곳은 전쟁터와는 너무나 다른 조용한 곳이었다. 세상에 이렇게 평화스러운 곳이 있었다는 것이 믿어지지 않았다.

가을바람에 나뭇잎이 살랑살랑 흔들리는 광경을 머릿속에 선명하게 그릴 수 있었으며, 사뿐사뿐 내려앉는 눈송이가 땅 위에 쌓이는 것도 생생하게 느낄 수 있었다. 그러고 나서 이른봄을 알리는 가랑비가 주룩주룩 내리는 장대비로 변하면 매미 울음소리가 어느덧 여름이 왔음을 알려주었다.

그렇게 두 해를 보내자 정사용도 눈먼 생활에 익숙해졌다. 그는 모든 것을 운명이려니 하고 받아들이며 자신의 눈먼 인생이 특별히 비참하다고 생각하지 않았다. 어쩌면 이것이 괜찮은 일생일 것이라 자위해보기도 했다. 또한 자신이 과거에 저질렀을지도 모를 모든 죄에 대해 적당한 벌을 받고 있다는 생각이 그의 마음을 편안하게 했다. 장님으로서 미래의 인생 계획은 물론, 눈을 떴을 경우조차 생각해보지 않았다. 그가 원하는 것은 행복에 젖은 새들의 지저귀는 소리와 바람에 흔들리는 나뭇잎 소리, 조용히 내려앉는 눈 소리를 들으며 대기의 맑은 공기를 마음껏 들이마시는 것이었다. 그리고 마음속으로 모든 것을 아름다운 색깔로 채색해볼 수 있다면 더 바랄 것이 없었다.

정사용이 그런 투병생활을 편안한 마음으로 할 수 있었던 데에는 특별한 이유가 있었다. 친절한 조선 간병원이 읽어주는, 두 달에 한 번 정도 보내오는 유 소장의 편지가 그것이었다. 유 소장은 전쟁터에서 본 자연의 변화를 자세하게 들려주었다. 사람이 고통을 받으며 죽어가는 전쟁터에도 어김없이 사계절이 찾아오는 대자연의 섭리가 놀라웠다. 전황에 대해서는 별로 언급이 없었으나 유 소장의 마지막 편지에 따르면 머지않아 휴전이 될 것이라고 했다.

어느 봄날 아침, 지팡이로 땅을 더듬거리며 병원 주위를 거닐고 막 돌아오자 간병원이 유 소장에게서 편지가 왔다고 했다. 여느 때와 달리 간병원이 차분히 가라앉은 목소리로 읽어 내려가는 유 소장의 편지에 그는 더할 수 없는 행복감을 느꼈다.

정 동무

이곳은 이제 봄을 맞을 준비가 되었다는 듯 전쟁으로 허허벌판이 된 산등성이에도 파릇파릇 풀포기가 모습을 드러내고 있소. 얼마나 오랜 시일이 걸릴지 몰라도 이곳도 전쟁 전과 같이 우람한 수목으로 들어찰 날이 반드시 올 거요. 그때가 되면 이 세상에 없을 우리 모두가 용서받을 수 있을 거요.

요즘에도 전투는 산발적으로 있지만 머지않아 휴전이

될 것이오. 현재 양측이 휴전 협상을 시작할 준비를 하는 것 같소. 전쟁을 너무 오랫동안 끌어왔고, 불쌍한 인민들의 희생이 너무 컸소. 초록으로 모습을 바꾸기 시작한 산야를 보면서 인류는 전쟁 없이도 살 수 있다는 확신이 들었소.

전쟁이 끝나면 농장에서 일하고 싶소. 그 농장에서 정 동무와 같이 전쟁을 잊어버리고 편안히 살고 싶소. 우리 둘이 소매와 바짓가랑이를 걷어붙이고 포성 대신 흙냄새를 맡으며 살아봅시다. 그러다가 우리 자식들이나 손자에게 우리들의 전쟁 경험을 들려줍시다. 단 한 번도 비겁하거나 용기를 잃은 적이 없었다고 자랑도 합시다. 우리는 서로에게 좋은 증인이 될 수 있으니 얼마나 다행이오.

담당 의사로부터 정 동무의 병세를 매달 보고받아왔소. 다행히 시력이 완전히 회복할 가망이 있다니 기쁘기 이를 데 없소. 정 동무는 워낙 착한 사람이니 분명히 회복되리라 믿고 있소.

그럼 이만 간단히 줄이겠소. 휴전이 되면 곧 편지를 띄우든지 그곳으로 정 동무를 보러 갈 거요.

유경수로부터

정사용은 편지를 다 읽기도 전에 유 소장과의 만남을

86

머릿속으로 그리며 행복한 미소에 젖어 있었다. 만나는 즉시 그의 무용담을 들려달라고 부탁하기로 했다. 그리고 형편없는 장비만을 가지고도 겁먹은 미군들을 혼내주는 유 소장을 그려보았다.

그때 누군가 흐느끼는 소리가 들려 정사용은 환상에서 깨어났다. 자세히 들으니 자신을 돌보는 간병원이 소리 죽여 울고 있었던 것이다.

간병원은 한참 후 낮은 목소리로 속삭이듯 말했다.

"유 소장께서 어제 전투에서 전사하셨답네다."

정사용은 도무지 그녀의 말을 믿을 수가 없었다. 그는 손으로 더듬어 곁에 앉은 간병원의 손에서 편지를 낚아챘다. 그리고 필사의 노력으로 편지를 보려고 눈을 부릅떴다. '정 동무를 보러 갈 거요'라고 쓴 마지막 구절을 확인하고 싶어 견딜 수 없었다. 그때 희미한 빛이 들어왔다. 어렴풋이 '정 동무를 보러 갈 거요'라고 씌어 있는 글자가 보였다. 정사용의 눈에서 흘러내리는 눈물이 유 소장의 편지를 적셨다.

8.

휴전이 된 후 한 달 정도 지나서 정사용은 오랜 군 병원 생활을 마치고 퇴원했다. 시력도 거의 회복되는 단계에 이르자 일상생활에 그다지 불편이 없었다. 퇴원과 동시에 김책시의 건설작업 현장에 배속되었다. 별다른 기술이 없고 전투에서 입은 부상으로 병원에서 오랫동안 치료받은 사실이 참작되어 현장 건설 자재 재고관리실에서 입고와 불출 대장을 기입하는 일을 맡게 된 것이다. 현장에서 몸으로 때우는 일에 비하면 매우 다행스러웠다.

그곳에서 얼마 되지 않아 알게 된 사실은 이남 출신 의용군 대부분이 김책시 건설에 투입되었다는 것이었다. 인원이 부족했다기보다 이남 출신이면 그들의 성분이 어떻든 평양에서 떨어진 곳으로 격리시키는 인사 원칙이 중앙당의 정책이었기 때문이었다. 이러한 사실은 어느 날 당 간부 회의를 엿들어 알게 된 것이다. 앞으로 남한 출신에 대해 어떠한 정치적 탄압이 내려질지 모를 일이었다.

여기에서 살아남을 방법을 찾아야 했다. 부모의 가슴에 못을 박고 죽음의 계곡을 헤아릴 수 없을 정도로 넘나들면서도 살아남은 자신이 여기에서 무너져버린다는 것은 너무나 원통한 일이다. 방법은 하나뿐이었다. 그들의 눈에 경계의 가치가 없는 작자로 보이게 행동하는 것이다. 아오지 탄광 지역이나 그보다 더 심한 곳으로 유배당하지 않고 살아남으려면 바보가 될 수밖에 없었다. 그것이 상책이었다. 김책시 건설 기간 동안 서울에서 대학에 다니다 자원해 의용군으로 왔던 남한 출신들이 중앙당에서 파견된 감독관한테 작업 환경 등을 따지다가 쥐도 새도 모르게 신의주 등으로 강제 전출당하는 것을 정사용은 여러 차례 목격했다.

그는 누구에게도 자기의 속마음을 털어놓지 않는 생존의 기교를 터득했다. 말을 하지 않으면 그조차 불순분자로 오해받을 소지가 있으므로 말을 많이 하되 속뜻이 전혀 없는 말만 골라 주절댔다. 마치 광대처럼 행동했다. 차츰 주위에서 우스갯소리를 잘하는 속없는 반푼이쯤으로 여겼다. 처음에는 당 관료들이 불쾌감을 나타냈으나 그들도 사람인지라 가끔씩 긴장을 풀고 따라 웃어주었다. 그리고 지독하게 경상도 사투리를 쓰는 마음 헤픈 이남 출신 광대쯤으로 여겼던지 그에게는 흔히 남쪽 출신에게 드러내는 적대감을 보이지 않았다.

얼마 후 김책시 건설 사업이 끝날 무렵 그가 평양대극장 건축 현장에 배치된 것도 유경수 소장을 구했다는 사실이 큰 역할을 했지만 이러한 그의 계획된 행동도 일조했다고 봐야 했다.

김책시 건설 현장에 동원된 노동자들이 재배치 문제로 정치 군관 3명에게 심사를 받을 때였다. 정사용을 앞에 앉혀놓고 인사 기록을 뒤적이던 가운데 앉은 정치 군관은 양미간을 찡그리며 주름살을 잡아 보였다. 일이 잘못 돌아갈지도 모른다는 예감이 그를 더욱 긴장시켰다. 정사용은 모든 감각기관을 총동원했다. 조금의 실수라도 있어서는 안 되기 때문이었다. 한번 삐끗하면 평생을 썩어야 하는 순간이었다.

　　"정 동무, 동무의 아바이가 이남의 대구 술공장에서 서기를 했다는 게 사실이오?"

　　정사용이 중학교 3학년 때 서울로 이사 와 직물공장을 하기 전 대구에 있을 때 아버지가 술도가의 주인이었는데 서기로 기입되었다니 다행이었다. 그러나 서기라고 시인하면 심사는 그것으로 끝날 것이고 신의주행은 받아놓은 밥상이 될 판국이었다.

　　"아입니더. 군관 동무, 지 아부지는 술공장이 아이고 술도가에서 일했심더."

　　"술도가나 술공장이나 마찬가지 아니오?"

　　군관이 미련스러운 이남 출신을 꾸짖었다.

　　"아…… 그렇십니꺼. 지는 술공장이라고 부른 적이 없십니더."

그는 순진하게 보이도록 무뚝뚝한 경상도 사투리를 심하게 쓰며 다른 정치 군관의 표정 변화를 세세하게 살폈다. 엷은 웃음기가 한 군관의 눈꼬리에 스치는 순간을 포착했다. 정사용은 일단 자신의 전술이 먹혀든 셈이라고 판단했다.

"아바이가 거기서 서기였소?"

"서기가 아이고 거기서 술찌꺼기 받아서 팔아 가지고 묵고 살았심더."

"동무는 정말로 허튼소리할 끼요?"

"정말입니더. 지가 와 허튼소리하겠십니꺼. 무슨 벌을 받을라꼬예."

"술찌꺼기 팔아서 아새끼래 중학교 공부시킬 수 있단 말이오?"

그렇게 묻는 군관의 눈빛에 독이 서린 반면 다른 두 군관은 흥미로워했다.

"지가 중학교 간 기 우예 아부지 덕입니꺼?"

"그럼 어떻게 갔단 말이오? 하늘에서 돈이라도 떨어졌소?"

"언제예, 소학생들 씨름 대회서 쪽발이 몇 놈 꼰아박았드만 중학교 선생이 와서 유도부에 오라 카데요. 그래서 그리 안 갔십니꺼."

"그러면 동무는 마르크스레닌주의에는 일절 관심이 없었던 게 아니오?"

정치 군관의 얼굴에 야비한 승리의 기색이 번졌다.

"아입니더. 공부는 하나도 안 하고 유도만 했는데, 기집애 같은 반장아가 지한테 마르크스레닌주의를 가르쳐 주었심더."

"그 반장하고는 어떻게 친해졌소?"

입을 다물고 있던 군관이 처음으로 입을 열고 끼어들었다.

"갸가 경찰 집안 아한테 자꾸 얻어맞길래 지가 글마를 잡아서 후려쳐뿌려 그리 친해졌심더."

"그 반장 아이와 무엇을 했소?"

"상급생 선배들이 시키는 대로 같이 저녁마다 삐라를 뿌리고, 또 벽에 뭔가 붙이는 걸 같이했심더."

"그 반장 이름은?"

일 초의 여유도 주지 않고 물어왔다.

"이석주요."

거짓말이었지만 정사용은 조금도 주저하지 않고 대답했다.

"이석주의 생년월일은?"

급히 물어오는 투가 급한 말을 끌어낼 심산일 게다.

그러나 한참을 생각한 듯 뜸을 들이다가 말했다.

"여름철인데, 언젠가는 기억이 안 납니더."

만약 생년월일을 제대로 답했더라면 영락없이 신의주 행이었을 것이다. 오래전에 잠시 알았던 친구의 생일 날 짜를 댈 수 있다면 모든 것이 거짓말이라는 증거가 될 판이었다.

"동무 어마이는 뭐했소?"

"우리 어무이는예……."

정사용은 조금 뜸을 들였다. 금방 대답하기가 창피하 다는 듯 머뭇거렸다.

"예…… 무당 했심더."

정사용의 말에 군관들의 얼굴에서는 경계의 빛이 조금 사라지는 듯했다.

"동무는 조국 건설에 어떤 일로 참여하기를 원하시 오?"

"지는예…… 어무이 뒤를 이어 예술가나 될라 캅니더. 무대 배우 있지예…… 그런 거 한번 할라 캅니더."

무당을 한 어머니 뒤를 이어 예술가가 되겠다는 말과 거기에 어울리지 않는 진지한 태도가 우스웠던지 두 군 관은 큰소리로 웃음보를 터뜨렸다. 그렇게 한바탕 웃고 나더니 표정이 한결 부드러워졌다. 그들 중 처음부터 정사용에게 호의를 보였던 군관이 서류를 보면서 입을 열었다.

"동무가 우리의 전쟁 영웅인 유경수 소장을 구했다는 게 사실이오?"

"전쟁터에서 쓰러지셨길래 그냥 등에 업고 죽어라 하고 뛰었심더."

정사용이 대수롭지 않은 일이었다는 표정으로 그냥 주절거렸다.

유경수 소장과의 인연이 효과를 보았던지 다른 의용군 출신과 달리 정사용은 평양대극장 건축 현장으로 배치되었다. 폭격으로 폐허가 된 건물 더미에서 건축에 쓸 수 있는 벽돌을 주워오는 일을 관리하는 직책이었다.

수년 만에 평양대극장이 완공되자 정사용은 소도구실로 자리를 옮겼다. 그곳에서 연극에 필요한 소도구를 관리하는 직책을 맡게 되었다. 그 덕분에 평양대극장 부근에 있는 노동자 아파트에 입주할 권리도 주어졌고, 그 옆에 위치한 예술가 아파트의 간단한 보수공사를 하는 의무도 함께 주어졌다.

사랑의 고백

1.

1960년 어느 화창한 초여름날, 흰 물새가 수면을 스치다가 공중으로 치솟기도 하면서 대동강 유보도를 걷는 사람들에게 멋진 곡예를 보여주며 날고 있었다. 평양의 유보도를 걷는 사람들은 물새를 보고 그들만의 물새라고 생각할지 모르나, 서울의 한강에도 똑같이 흰 물새는 날아다녔다. 백두산의 천지연이나 한라산의 백록담도 비슷하기는 마찬가지였다.

6·25전쟁 후 인민들의 노력으로 완성된 것이라고 자랑하는 대동강 유보도는 불행하게도 인민들이 흘린 땀에

비해 그 길을 걷는 인민은 너무나 적었다. 모란봉을 지나 인민광장이 그 거창한 모습을 드러냈다. 그곳에서 있었던 그 수많은 군사 행렬을 평양 인민은 뚜렷하게 기억하고 있었다.

평양의 예술가들은 낭만이 넘치는 명동 뒷골목의 무질서를 그리워했고, 서울의 말없는 대중들은 평양의 연병장 사열 같은 질서를 꿈꾸고 있었다. 어린 망나니 소년들도 세계의 어느 나라와 다를 바 없었다. 평양에서는 김일성의 왕성한 정력에 그의 아내가 지쳐서 죽었다는 소문이 자자했고, 서울에서는 어린 소년들이 검은색 선글라스를 쓴 박정희가 빨갱이라고 겁 없이 떠들어댔다.

그해 6월, 적어도 평양의 연극인에게는 특별한 달이었다. 대동강을 끼고 쭉 뻗은 8차선 도로 왼쪽으로, 세계에서 가장 큰 규모라는 평양대극장이 완공되어 첫 공연의 막이 올라간 달이었다. 동양 건축미를 최대한 살려 지었다는 평양대극장은 건축 기간이나 외형 등 여러 면에서 숱한 기록을 자랑할 만했다. 『로동신문』에서는 연일 배우의 분장실이 100개나 되는 극장은 세계에서 평양대극장밖에 없다고 떠들어댔다.

평양역과 대극장 사이의 도로 옆에는 외형이 동일한 노동자 아파트 단지와 예술인 아파트 단지가 나란히 들어서 있었다. 아파트는 소련의 건축 공법으로 지었다고 인민 정부가 자랑하는 조립식 건물이었으나, 그러한 말을 비웃기라도 하듯 아파트 벽은 이미 금이 가 있었다. 특히 노동자 아파트가 심했다.

잔디밭을 사이에 두고 있는 노동자 아파트와 예술가 아파트는 겉보기에는 다른 점이 없었으나 내부 시설은 엄청난 차이가 있었다. 예술가 아파트도 노동자 아파트처럼 15평 정도밖에 되지 않았으나 노동자 아파트와는 달리 욕조 시설이 있어 더운물이 나왔다. 인민배우 칭호를 얻은 배우는 15평짜리 아파트 두 채를 합쳐서 30평이나 되는 널찍한 공간을 사용했으며, 응접실에는 외국 대사관에서 흘러나온 외제 고급 가구가 있고, 벽장에는 여러 종류의 양주병도 놓여 있었다.

그날 저녁 이 예술가 아파트 544호에서는 평양대극장에서 〈붉은 기를 휘날리며〉라는 연극 공연을 성공리에 끝내고 간단한 자축 모임이 열리고 있었다. 이 아파트의 주인은 연극의 주역을 맡은 22세의 최영실이라는 여배우였다.

이 모임에 참석한 사람은 모두 여섯 명으로, 최영실 외에 여자 조연 역을 맡은 34세 된 리정선을 비롯해 주연 남우와 감독 및 조감독, 그리고 조연 남우였다. 리정선은 수년 전 평양 주재 소련 대사관에 근무하는 소련 외교관과 결혼했으므로 그녀만이 유일하게 평양 제일백화점의 외국인 상점에서 외국 상품을 구입할 수 있는 특권이 있었다.

오늘도 리정선이 소련제 보드카 네 병과 폴란드제 소시지 한 상자를 가져와 전쟁이 끝난 이후 가장 푸짐한 자리를 마련할 수 있었다. 감독은 일본 예술대학에서 연극을 전공한 인텔리로서 2년 전 세상을 떠난 최영실의 어머니와 영화계에서 함께 활동했었는데 그는 최영실을 친딸처럼 돌보아주었다.

조감독은 당에서 파견된 젊은 열성 당원으로서 연극의 내용이 당의 사상과 어긋나지 않는지 감독하는 역할이 그의 주요 임무였다. 두 사람의 남우는 중앙당 간부인 부모를 둔 덕택에 당시 특혜인 동독에서의 연기 수업 후에 귀국해 이번에 첫 배역을 맡았던 것이다.

"오늘 리정선 동무 덕택으로 훌륭한 파티를 하게 되어 고맙습니다. 자, 수고한 감독님에게 축배를 듭시다."

주연 남우가 모두의 술잔을 채우며 제안했다.

"먼저 위대하신 수령님께 감사의 마음을 표합세다. 위대하신 수령님께 충성을 맹세하며……."

조감독이 축배를 제안한 주연 남우를 질타하는 투의

말을 던지며 술잔을 들었다. 모두가 술잔을 들었으나 주연 남우는 무안한 표정으로 얼굴이 벌게져 있었다. 리정선은 무안을 준 조감독이 못마땅해 술잔에 입만 살짝 댔다가 다시 잔을 쳐들고 큰소리로 건배를 청했다.

"수고하신 감독님과 초연을 성공리에 끝낸 우리 모두를 위하여……."

"내가 뭐 축배 받을 자격이 있어야. 공연을 성공리에 마치게 된 것은 모두 이 자리에 있는 배우 여러분들이 헌신적으로 노력한 결과지요."

그렇게 말하는 순간 감독의 눈에 한켠에 시무룩한 표정으로 서 있는 조감독의 모습이 보였다.

"특히 당의 적극적인 성원을 이끌어낸 조감독의 고생이 많았습니다."

그제서야 조감독의 딱딱했던 표정이 풀리며 입이 벌어졌다.

"사실이지 당에서 승인을 얻어내는 데 무척 힘이 들었습네다. 연출진의 사상 문제가 약간 있어서……."

조감독은 마지막 말을 하면서 감독을 슬쩍 곁눈질했다. 그런 말이 마음에 걸렸던지, 들고 있던 술잔을 단숨에 쭉 들이켜고 난 리정선이 시비조로 말을 받았다.

"조감독 동무, 이곳에 모인 동무들 다 철저한 공산주

의 신봉자인데 무슨 힘이 들었다고 그러시오."

"리정선 동무, 너무 콧대 세게 놀지 맙시다레. 우리 모두 조선인민공화국 인민 아니외까?"

조감독도 질세라 리정선에게 쏘아붙였다.

'공화국 인민'이라는 말은 다분히 리정선의 국제결혼을 염두에 둔 가시 돋친 표현이었다.

"조감독 동무, 동무는 내가 러시아인과 결혼한 게 그렇게 못마땅합네까? 비꼬지 맙시다레."

리정선이 기분 나쁘다는 듯 일부러 혀꼬부라진 소리와 몸짓으로 되받았다. 연극 연습을 하다가도 툭하면 말싸움을 벌이던 그들이라서 시비가 번지지 않도록 감독이 끼어들었다.

"당을 대표해서 오늘 첫 공연을 관람하신 박성철 부수상 동무께서도 칭찬한 좋은 날이니 모두 기분 좋게 축하해야지요. ……자, 그러지들 말고 한 잔 쭉 듭시다."

감독의 제의에 조감독과 리정선도 엉거주춤 따라 잔을 들었다.

딱딱한 분위기를 조금은 누그러들게 해준 감독이 고마워 최영실이 인사치레를 했다.

"별로 차린 음식은 없어도 많이 드세요. 술과 소시지는 리정선 동무께서 갖고 오신 거예요."

술잔이 몇 차례 돌았다. 쌜쭉해져 말이 없는 조감독을
제외하고는 부드러운 분위기 속에서 대화가 계속됐다.

"정선이가 소련에서 보았다는 미국 영화 얘기나 한번
해볼까?"

감독이 리정선에게 말했다.

"〈스파르타쿠스(Spartacus)〉라는 영화인데, 촬영 기술
도 훌륭하고 세트 규모도 대단합니다. 커크 더글러스라
는 주연 배우의 연기가 기가 막히드랬어요. 턱밑이 쑥
들어간 친구가 정말로 잘하더구먼요."

그동안 아무 말 없이 그저 술이나 홀짝거리던 조연 남
우가 화제에 끼어들었다.

"저도 베를린에서 보았어요. 〈스파르타쿠스〉는 로마
제국 시대에 있었던 유일한 대규모 노예들의 민중 봉기
를 스크린에 담은 영환데, 이러한 민중 봉기를 미국에서
내용 그대로 충실하게 영화화했다는 게 놀랍더군요."

그들의 얼굴에는 할리우드를 동경하고 자유스럽게 예
술 활동을 할 수 있는 서방 영화계를 선망하는 빛이 역
력했다. 그러한 분위기를 눈치챈 조감독이 한마디 했다.

"동무들, 미국 영화 찬양하려고 이곳에 모인 겁네까?
배우 동무들, 말조심하자구요."

리정선이 또 가만히 있을 리가 없다.

"조감독 동무, 예술을 모르면 가만히 있지 왜 자꾸 끼어들어 훼방을 놓습네까?"

리정선이 발끈해서 쏘아붙였다.

"뭬요? 리정선 동무 남편이 소련 대사관에 근무한다고 너무 멋대로 놀지 맙시다레."

"조감독 동무, 왜 또 내 남편을 들먹거리시오. 조감독 동무 장가 못 가 발광이 났나베."

"뭬라구요?"

조감독이 벌떡 일어나 대들 자세를 취했다. 최영실이 조감독을 막아서며 양손을 붙잡고 리정선과 되도록 떨어지게 앉히고는 낮은 소리로 말했다.

"조감독 동무, 참으세요. 정선 동무는 원래 마음 내키는 대로 말을 하잖아요."

조감독은 최영실에게 잡힌 손을 어찌할 줄 모르며 온순한 양처럼 다소곳해졌다. 최영실은 보드카를 따라 소시지와 함께 조감독에게 건네면서 그와 둘이서 연극 이야기를 했다. 그런 이후 별일 없이 자리가 무르익어갔다. 최영실은 내내 조감독 곁에 앉아 각별히 신경을 써주었다. 이제는 조감독도 다른 사람의 대화에 별로 개의치 않는 눈치였다.

밤이 꽤 늦어 자리를 뜰 무렵이었다. 위생실을 다녀오

던 리정선이 조용히 앉아 있는 조감독에게 퉁명스럽게
말했다.

"이보라요, 조감독 동무. 수령님께서 지어주신 예술가
아파트의 위생실이 고장 나 오물이 흘러넘치니 빨리 조
치해야 되갔시오."

조감독은 '수령님'이라는 말에 자신도 모르는 사이 앉
은 자리에서 벌떡 일어났다. 그러나 리정선의 허튼 말에
자신이 벌떡 일어난 꼴이 되어 화가 머리끝까지 올랐다.

"듣자듣자 하니 리정선 동무는 못하는 말이 없수다.
수령님이 똥둑간하고 무시기 상관이오?"

그 정도에 굽힐 리정선이 아니었다. 조감독을 향해 조
금도 거침 없이 맞고함을 쳤다.

"아니, 상관이 없다니요? 수령님께서 예술가들을 위해
지어주신 똥둑간에 똥물이 넘쳐흘러도 조감독 동무는 아
무 문제가 아니란 말입네까? 도대체 동무는 당성이 있는
게요, 없는 게요?"

리정선이 당성을 끄집어내니 조감독은 기가 막힌 듯
다음 말을 찾지 못했다. 그사이에 최영실은 리정선을 주
저앉히고 조감독에게로 다시 갔다. 최영실이 조감독의
손을 꼭 잡으며 귓속말로 속삭였다.

"옆에 있는 로동자 아파트에 전화를 걸어 그곳 책임자

에게 고칠 사람을 보내달라고 하세요. 조감독 동무 말이라면 들을 거예요."

조감독은 자신의 권위를 인정하는 최영실의 말에 기분이 다소 누그러져 노동자 아파트에 전화를 걸어 책임자에게 호통을 쳤다.

잠시 후 한 남자가 연장을 들고 최영실의 아파트 안으로 들어섰다. 바로 정사용이었다. 그는 화려한 예술가 아파트를 보고 금세 언짢은 표정을 지었다. 그렇지 않아도 곤히 자는 사람을 깨운 것도 불쾌한 판에 널려 있는 보드카와 소시지는 더욱더 그의 기분을 뒤틀리게 했다.

위생실에 들어간 정사용은 기분이 몹시 상해 고치는 체하고 오물이 밖으로 튀어나오게 할까 생각했으나, 잘못하면 어렵게 입주한 노동자 아파트에서 쫓겨날지도 모른다는 걱정이 들어 생각을 바꿨다. 잠시 후 어떤 여자가 술잔과 소시지를 담은 쟁반을 가져왔다.

"들고 하세요."

정사용은 보드카와 소시지에 정신이 팔려 여자의 얼굴을 볼 여유가 없었다. 그는 선 채로 보드카를 서너 번에 나눠 마시고 쟁반 위에 놓인 소시지를 집어 입으로 가져갔다. 정말 오랜만에 먹는 맛있는 음식이었다. 오래도록 그것을 입안에 넣고 씹었다. 보드카가 그의 가슴을 짜릿

하게 훑어내렸다. 그는 굵은 소시지가 목구멍으로 그냥 넘어가는 게 아까웠다. 정사용은 눈 깜짝할 사이에 음식을 다 먹어치우고 나서야 그 여자가 쟁반을 든 채 서 있는 것을 의식했다. 조금은 미안한 생각에 계면쩍은 미소를 지으며 그녀를 바라보았다. 그때서야 정사용은 그녀가 최영실이라는 배우인 것을 알았다. 그녀의 하얀 이가 드러났다. 웃는 얼굴이 포스터에서 본 사진보다 아름다웠다.

"소시지를 싸드릴게요. 집에 가서 드세요."

최영실이 말했다.

"귀찮으신데 그냥 두이소."

"괜찮아요."

"정말 곱습니다."

얼떨결에 나온 말이다.

"뭐가요?"

정사용이 느닷없이 내뱉은 '곱습니다'는 말에 최영실이 어리둥절해서 물었다.

"최영실 동무가요."

"네? ……고마워요."

최영실은 정사용의 말을 늘 듣는 인사말쯤으로 받아넘기고는 손님들에게로 돌아갔다.

정사용은 그녀가 서 있던 자리를, 마치 그녀가 서 있을 때처럼 물끄러미 바라보았다. 그녀 앞에서 소시지에만 눈이 팔렸다는 생각을 하니 얼굴이 화끈거렸다. 정사용에게는 그녀가 마치 딴 세상의 사람처럼 느껴졌다. 자신은 감히 상대조차 못할 신분으로 여겨진 것이다. 그러나 다음 순간 서울에 있는 자신의 본가를 생각하니 반드시 그렇지도 않아 조금은 위로가 되었다. 오로지 살아남으려고 취해온 어리숙한 행동이나 말이 몸에 배어 있었으나 오늘만은 자신의 본모습을 보여주고 싶었다.

조금 후 그녀가 보드카가 반쯤 들어 있는 작은 병과 연극 포스터에 싼 소시지를 갖고 왔다. 혹시 곤히 잠자는 걸 깨우지 않았는지 모르겠다며 미안하다는 그녀 말에, 정사용은 아파트 호수를 알려주며 뭔가 고장이 나면 언제라도 부르라고 했다. 그리고 마음속으로는 고장이 자주 나기를 바랐다.

그가 고장난 데를 고치고 나오자 그녀는 문 앞까지 나와서 고맙다고 인사를 했다. 층계를 내려가기 전 정사용은 다시 한 번 뒤를 돌아다보았다. 그녀는 그대로 서 있었다. 그녀의 응접실에 앉아서 술에 취해 수고했다는 말한마디 없는 건방진 놈들을 생각하니 정사용은 괘씸하기 짝이 없었다. 그는 무슨 놈의 노동자, 농민을 위한 사회가 이 모양이냐고 혼자 투덜거리며 아파트로 돌아왔다.

아파트에 돌아와 소시지를 싼 종이를 풀어보니 최영실의 모습이 담긴 연극 포스터였다. 흰 저고리에 검정 반치마를 입은 그녀가 오른손에 크고 붉은 깃발을 들고 왼손으로 앞을 가리키고 있었다. 그녀의 발밑으로는 수많은 남녀가 총칼을 들고 그녀가 가리키는 방향으로 뛰어가는 자세를 하고 있었다. 그는 얼른 그 포스터를 깨끗하게 닦았다. 별로 구겨지지 않아 천만다행이었다. 정사용은 포스터를 아랫목 벽에 붙였다. 드디어 사랑하는 사람을 찾은 기분이었다.

그날 이후 정사용은 놀랍도록 달라졌다. 최영실 생각에 잠겨 하루 종일 멍한 상태로 넋을 놓고 있다가 상급자에게 호된 꾸지람을 듣기도 했다. 잠시도 그녀 생각이 머릿속에서 떠나질 않았다. 아침녘에 평양대극장으로 연습하러 가는 최영실의 모습을 보기 위해 예술인 아파트 앞에서 기다린 적이 한두 번이 아니었다. 대극장 내에서는 일부러 시간을 내어 분장실 근처를 서성거렸다. 운이 좋아 서로 마주치기라도 할라치면 그녀는 그를 알아보고 간단한 목례를 했다. 그럴 때면 정사용은 가슴이 뛰고 반벙어리가 되어 목례조차 못하는 무례를 범했다. 아무리 단단히 마음을 먹어도 막상 그녀의 얼굴을 대하면 늘 당황하곤 했다. 때로는 그녀를 보는 것보다 방 벽에 붙인 사진을 보고 온갖 공상에 젖을 때가 오히려 행복했다. 그러나 하루라도 그녀의 모습을 멀리서나마 못 보게 되면 그녀가 혹시 몸이 불편하지나 않은지 걱정되어 일이 손에 잡히질 않았다.

그녀를 만나고 나서부터 음식이 목에 잘 넘어가지 않아 정사용은 눈에 띄게 여위어갔다. 예술인 아파트에 들어갈 수도 없는 자신의 처지가 원망스러웠다. 제발 위생실이 고장이라도 나 자기를 부르기를 바랐는데 그러한 일도 없었다.

정사용은 그녀의 주의를 끌 수 있는 여러 가지 방법을 궁리해보기도 했다. 그녀의 마음을 끌 수만 있다면 못할 짓이 없었다. 손이라도 하나 자르라면 자를 수 있을 것 같았다. 아니, 살인이나 도둑질도 서슴없이 해낼 것 같았다. 사뿐히 걷는 그녀의 모습과 첫날 그녀가 아파트에서 했던 한마디 한마디를 수없이 입속으로 되새겨보았다. 정사용은 문득 이것이 사랑일지도 모른다고 생각했다. 사랑이란 여학생들이 즐겨 읽는, 작가들이 억지로 지어낸 대중소설의 이야기로만 알았었는데, 그게 아니었다.

2.

　정사용은 그를 괴롭히는 최영실의 생각에서 해방되기
위해 갖은 수를 다 써보았다. 싸구려 술에 취해보기도
하고 새벽녘에 대동강 유보도를 따라 뜀박질도 해보았
다. 다급해진 그는 혹시 수령님께서 자신의 문제를 해결
해줄지 모른다는 엉뚱한 생각까지 했다. 그리하여 그녀
생각이 날 적마다 수령님의 어록을 꺼내 들었으나 아무
것도 눈에 들어오지 않았다. 그러던 중 문득 한 가지 방
법이 떠올랐다. 그녀에게 선물을 하는 것이다. 순간 그
에게 소시지를 주었을 때 보았던 그녀의 낡은 손목시계
가 떠올랐다. 그렇다. 무슨 일이 있더라도 그녀에게 시
계를 선물하고 그녀가 기뻐하는 모습을 보고야 말리라
마음먹었다.

　그러나 정사용의 처지로는 손목시계를 구한다는 게 보
통 문제가 아니었다. 그의 한 달 월급이 25원이니 최소
생활비만 쓰고 10원씩 모은다면 꼬박 25개월 동안이나
모아야 시계 하나를 살 수 있는 돈이 된다. 더구나 평양
제일백화점에 손목시계가 입하되었다는 공고가 나더라
도 재수가 엄청나게 좋아야 자기 차례가 올 수 있었다.
설사 운 좋게 시계를 샀다 하더라도 후에 당에서 그 사
실을 알게 되면 어떤 문제가 생길지 모른다. 모든 걸 상

관하지 않고 시계를 사려 해도 지금은 저축한 돈이 150
원밖에 없으니 적어도 10개월은 기다려야 했다. 그러나
정사용은 10개월을 그대로 기다리고만 있을 수는 없었
다.

시계 생각으로 하루하루를 보내던 중 우연히 소도구실
에서 일하는 동료에게서 조금 희망적인 얘기를 들었다.
만경봉호로 귀국하는 재일동포들이 백화점에서 250원씩
하는 손목시계를 다량으로 가져와 청진항에 입항하여 정
부 수매소에 개당 40원씩을 받고 반강제로 팔아야 하는
데 몇 개쯤은 숨겨 가지고 들어온다는 것이다. 마침 귀
국 동포 홀아비 한 사람이 자기에게 여생을 같이할 참한
색싯감을 소개시켜주면 시계를 주겠다고 하는 말을 들
었다고 했다. 하늘이 주는 기회임에 틀림없었다. 어떻게
해서라도 색싯감을 구해야 했다.

며칠 후 정사용은 당에서 주관하는 학습 시간을 끝내
고 늦은 저녁 대동강 유보도를 따라 모란봉 쪽으로 걸어
갔다. 이상한 옷차림의 젊은이들이 텅 빈 거리를 오토바
이로 질주하는 모습이 보였다. 당학습 시간에 들은 적이
있는 재일동포의 자제들인 모양이었다. 당 간부는 자본
주의의 사상에 물든 무절제한 그들을 얼마 동안만 그대

110

로 놔두면 자연히 휘발유를 못 구해 오토바이를 당에 헌납할 테니 당분간만 참자고 했었다.

정사용은 모란봉에서 등산로를 따라 올라가 제2위안소가 보이는 지점에서 몸을 숨겼다. 사람들로부터 들은 이야기로는 모란봉 중턱에 있는 제2위안소에서 중앙당 책임 간부들이 저녁마다 여자들을 불러 술을 먹고 계집질까지 한다는 것이었다. 거기에 나오는 여자들은 대개 전쟁으로 혼자 된 젊은 과부들이라고 했다.

정사용은 수시간 동안 한곳에 쪼그리고 앉아 제2위안소 쪽을 지켜보았다. 그러나 그날은 아무 일도 일어나지 않았다. 그는 혹시 자기가 잘못 알았을지도 모른다는 생각이 들어 몹시 초조해졌다. 그러나 정사용은 포기하지 않았다.

나흘째 되는 날 당 간부들이 탄 차가 몇 대 도착하고 곧이어 대동강 유보도 보수 공사에 쓰이는 트럭이 덮개를 씌운 채 뒤따라왔다. 트럭이 멈추자 덮개를 들추고 젊은 여자들이 뛰어내렸다.

남자들의 웃음소리와 여자들의 교성이 밤의 적막 속에 간간이 들려왔다.

정사용은 화가 치밀어 얼굴이 벌겋게 달아올랐다. 인민들은 하루 종일 고된 노역에 시달렸음에도 불구하고 당 학습이라는 명목 아래 고단한 몸을 쉬지도 못하고 있는데 당 간부들은 계집질을 하고 있지 않은가. 소위 당 간부라는 자들은 2개의 얼굴을 가지고 있었다. 그들의 제도 자체가 커다란 모순 속에 움직이고 있는 것이다. 정사용은 무슨 일이 있어도 이런 위선자들의 희생물이 되지 않겠다고 이를 갈았다.

어린 나이에도 위험을 무릅쓰며 서울에서 삐라를 뿌리고 노동자, 농민을 위한 사회를 건설한다는 이념에 불탔던 자신이 한심했다. 그는 문득 새로운 이념을 찾아야겠다는 생각이 들었다. 다음 순간 그는 마음이 편안해졌다. 새로운 이념을 찾은 것이다. 최영실이 바로 그의 새로운 이념이었다. 정사용은 그녀만 얻으면 자신의 헛된 과거를 보상받을 수 있을 것 같았다. 사상이니 조국이니 하는 따위의 말이 무의미해졌다. 그 순간 그에게 의미가 있는 것은 이 세상에 오로지 최영실뿐이었다.

밤이 이슥해지자 비로소 당 간부들이 위안소를 떠났다. 잠시 후 여러 여자들이 도둑질을 하고 나오듯 그곳을 빠져나왔다. 맨 마지막으로 나온 여자는 주위를 살피며 모란봉 공원 산책로를 따라 종종걸음을 쳤다.

정사용은 그녀의 뒤를 밟았다. 그녀는 인민광장을 가로질러 김일성대학 뒤쪽 하급 주택지로 향했다. 정사용은 얼마간 거리를 두고 그녀를 미행했다. 여자는 족히 1시간쯤 걷다가 어느 집 대문을 열고 들어갔다. 정사용은 얼른 그녀가 들어간 집을 확인했다. 허물어져가는 조그마한 집이었다. 그는 대문 옆에 바짝 붙어 안에서 흘러나오는 인기척을 들으려고 귀를 기울였다. 남자 목소리가 들리는지 확인하기 위해서였다.

"누구가? 에미가? 지금 들어완?"

약간 쉰 듯한 노파의 목소리가 들려왔다.

"네 오마니. 당 학습 갔다가 들어왔시요."

젊은 여자가 기어 들어가는 목소리로 대답했다.

정사용은 착잡한 심정으로 오던 길을 다시 걸어 내려갔다. 발걸음이 천근만큼이나 무거웠다. 그는 느닷없이 그녀의 남편은 어떤 사람이었을까 하는 생각이 들었다. 그리고 또다시 전쟁이 나더라도 자신은 절대로 죽지 말아야겠다고 단단히 결심했다.

며칠 후 정사용은 월급 25원을 탔다. 20원을 주머니에 넣고 저녁 무렵에 김일성대학 뒤쪽의 주택가로 갔다. 지난번 미행한 여자가 들어간 그 집 문 앞에서 안의 인기척을 살폈다. 여자는 아직도 귀가하지 않은 듯싶었고, 아들로 보이는 열 살 정도의 사내아이만 마당으로 잠깐 나왔다가 방으로 들어갔다. 정사용은 골목 입구에서 그녀가 돌아오기를 기다렸다. 몇 시간이 흘렀다. 전번과 비슷한 밤늦은 시각에 활기찬 걸음걸이로 콧노래를 흥얼거리며 골목에 들어서는 여자가 보였다. 정사용은 그녀라는 것을 금방 알 수 있었다. 정사용은 그녀의 앞길을 막으며 다가갔다.

"당에서 나왔는데, 동무는 밤 늦게까지 어디에 있다가 오는 거요?"

흠칫 놀라는 여자에게 당 간부들이 흔히 하는 위압적인 어투로, 가급적이면 경상도 사투리를 쓰지 않으려고 애쓰며 물었다.

"당 학습에 갔다가 친척집에 들러오는 길이야요. 그걸 와 물으십네까?"

그녀는 몸을 도사리면서도 당당한 태도를 보였다.

"동무가 이 시간까지 있던 곳과 함께 있었던 동무를 대시오. 당에서 필요해서 물으니 고분고분 사실대로 말하시오."

"당에서 무시기 일로 내레 어디 있었는지 알려고 합네까?"

그녀는 쉽사리 넘어가지 않을 태세였다.

"당 간부 중에 몇 명이 요즈음 전쟁 미망인들과 놀아

난다는 정보가 있어 확인하려는 거외다."

"그게 나하고 무슨 상관이레 있시요? 정 알고 싶으면 당사자들한테 물어보면 알지 않갔시요?"

"여성 동무, 당에서 다 알고 있소. 당에서 호출해야 얘기할 거요? 나한테 그냥 얘기하는 게 여성 동무한테 좋을 거요."

"무슨 소리 하는 기요. 내레 상관없는 일이니까 당사자들한테 가보시라요."

"정말 이러기요. 당에서 호출하면 시어머니도 알게 될 텐데 그래도 좋단 말이오?"

그때서야 그녀가 당황해하는 빛을 달빛 아래서도 뚜렷하게 볼 수 있었다. 정사용은 한마디 덧붙였다.

"다른 방법으로 협조할 수도 있지만……."

"무시기 방법임메?"

말이 채 끝나기도 전에 황급하게 묻는 태도로 보아 시어머니가 알게 되면 곤란함을 쉽사리 알 수 있었다. 정사용은 순간적으로 그녀를 괴롭히는 게 매우 미안한 생각이 들었다.

"저를 위해 좋은 일 하나 해주면……."

그녀는 정사용의 말뜻을 나름대로 해석한 듯 매서운 눈초리로 흘겨보았다.

"아니 그게 아니고, 사실인즉……."

정사용은 돈 20원을 그녀의 손에 쥐여주었다. 그러고 나서 어리둥절해하는 그녀를 골목길 벽 쪽으로 이끌고 앞뒤 사정을 설명했다. 재일동포인 숙부가 얼마 전에 귀국했는데 너무나 외로워한다. 서로 만나 여생을 같이 편안히 보낼 수 있는 좋은 짝이 될지도 모르지 않느냐. 삼촌은 몇 년 전에 상처를 한 사람으로 과히 늙은 사람도 아니고 당에서도 높이 평가하는 방직기술자다, 하고 너스레를 떨었다.

그녀는 잡은 손을 뿌리치고 '동무는 도대체 나를 어떻게 취급하는 기요?'라며 돈을 땅에다 내동댕이쳤다.

그녀는 감정이 격해지는지 담벼락에 비틀거리는 몸을 의지한 채 어깨를 들먹이며 오열했다. 정사용은 그녀가 실컷 울도록 놔두었다. 어쩌면 그녀의 지난 생을 저렇게 토해내는지도 모른다는 생각을 했다. 그녀의 오랜 흐느낌이 어느 정도 가라앉자 정사용은 독한 마음으로 다시 한 번 설득하기로 했다. 무슨 일이 있어도 최영실에게 시계를 선물하겠다는 생각을 버릴 수는 없었다. 그것은 그녀를 포기하는 것과 같았다.

제2위안소에서 당 간부들과 미망인들이 놀아나고 있다는 정보를 이미 당에서 가지고 있다. 만약 협조해준다면 다른 미망인을 증인으로 택하겠다. 내일 이 시간쯤 다시 올 테니 그때까지는 충분히 생각해두라. 나쁜 사람은 절대로 아니다. 당신도 시어머니나 자식 앞에서 망신을 당하느니보다 훨씬 나은 방법이 아니겠느냐. 일단 숙부를 만나만 보아다오. 정 마음이 내키지 않는다면 할 수 없지 않느냐. 그렇게만 해줘도 나는 약속을 분명히 지키겠다. 이렇게 차분히 말했다.

정사용은 땅바닥에 떨어진 돈을 주워 멍청히 서 있는 그녀의 손에 다시 쥐여주었다. 그러고는 부탁한다는 말을 한마디 남기고 그곳을 떠났다.

그 다음날 정사용은 그녀를 찾아갔다. 정사용을 보자 그녀는 다소 어색해했으나 표정으로 보아 마음이 정리된 상태라고 느껴졌다. 정사용은 그녀를 그 재일동포와 만나기로 한 약속 장소로 데려가면서 계획대로 손목시계를 가질 수 있어 기뻤으나 다른 한편으로는 내내 마음이 아팠다. 그러나 조금이라도 최영실을 탓하지는 않았다.

정사용은 '세이코' 손목시계를 예쁜 종이에 정성껏 싸가지고 간부의 눈을 피해 평양대극장 배우 출입문 앞에서 최영실을 기다렸다. 그러기를 며칠째 하던 어느 날 드디어 그녀의 모습이 보였다. 그러나 막상 용기가 나지 않았다. 어쩌면 그녀가 시계를 선물하는 자신을 비웃기라도 할 것 같아 문득 지금까지 애를 끓인 스스로가 원망스러웠다.

정사용은 숨을 크게 들이마셨다.

최영실이 그의 옆을 지나칠 때 눈이 마주쳤다. 정사용은 용기를 내어 포장한 시계 상자를 내밀었다. 상자를 받아들고 어리둥절해하는 그녀에게 '이거 제가 구한 건데 최 동무 쓰이소. 딴 뜻이 있어서가 아니라 최 동무에게 잘 어울릴 것 같아 구했심더'라고 더듬거리면서 말한 후 뒤도 돌아보지 않고 뛰다시피 그 자리를 피했다.

3.

최영실은 뜻밖의 선물에 당황스러웠으나 곱게 포장한 상자 안에 무엇이 들었는지 다소 궁금해졌다. 그날의 공연을 끝마치고 집에 돌아온 그녀는 아까 받았던 선물 생각이 났다. 왠지 돌려줘야만 할 물건 같아 포장지를 상하지 않도록 조심스럽게 뜯었다. 놀랍게도 그것은 고급 시계였다. 최영실은 노동자 아파트에 사는 사람으로부터 이유 없이 과분한 선물을 받아들일 수가 없었다. 노란 테를 두른 시계는 매우 예뻤다. 차고 있던 오래된 시계를 끄르고 그 자리에 새 시계를 차보니 잘 어울렸다. 왠지 모르게 갖고 싶은 마음이 생겼다. 생각해보니 몸에 지니는 물건을 선물받은 것은 어머니로부터 물려받은 지금 차고 있는 시계가 마지막이었다.

　최영실은 시계를 풀기 전과 같은 모양으로 다시 포장했다. 아무리 생각해도 받을 이유가 없었고 자신에겐 너무 과분한 선물이었다. 그러나 막상 시계를 돌려주려 해도 마땅한 방법이 생각나지 않았다. 선물을 돌려준다고 어디서 만나자고 할 수도 없고 돌려줄 때 공연히 사람 마음을 상하게 할지도 모른다는 걱정도 되었다. 최영실은 곰곰이 생각한 끝에 리정선에게 부탁하기로 했다. 리정선은 흔히 이러한 일에는 좋은 해결사 노릇을 해왔던 터였다. 최영실에게 치근덕거리는 당 간부들을 향해 독설을 퍼부어 더 이상 엉뚱한 생각을 못하도록 막은 적도 있었다. 최영실은 리정선이라면 그 사람의 기분을 상하지 않게 물건을 돌려줄 수도 있으리라 믿었다.

　전화 걸기가 무섭게 리정선이 달려왔다. 별로 중요한 일이 아니니 시간이 있을 때 만나자고 해도 리정선은 막무가내였다. '무슨 일이 있느냐'면서 몹시 걱정하는 표정으로 들어서는 리정선을 대하니 오히려 이야기하기가 다소 쑥스러워졌다. 최영실은 오늘 있었던 일을 얘기한 후

되도록 신경을 써서 시계를 돌려주도록 부탁하며 시계 상자를 리정선에게 건네주었다.

리정선은 조금도 주저하지 않고 포장지를 다시 사용할 수 없도록 찢어 내용물을 꺼냈다. 최영실은 그러한 그녀가 야속했다. 시계를 자기 손목에 차보고 손을 들어 올리며 멋있다는 탄성을 연신 질렀다.

"이거 내가 차고 내 시계를 돌려주면 안 되갔니?"

리정선의 농담에 최영실은 눈을 흘겨주었다.

"그 친구, 로동자 아파트에 사는 사람치고 꽤 잘생겼다고 눈여겨봤는데 이런 낭만주의자인 줄은 몰랐는데?"

리정선은 장난기 어린 행동을 계속했다. 최영실은 장난을 그만두고 돌려줄 방법을 생각해보라고 애원하다시피 말했다. 그제서야 리정선도 정색을 하며 자기에게 맡겨보라고 했다.

"어떻게 하려고 그래요?"

최영실은 그녀의 성격으로 보아 혹시 실수나 할까 봐 몹시 걱정이 되었다.

"내레 그 총각 한번 불러봐야겠다. 너는 방에 들어가서 나오지 말고."

"어떻게 부르려고요?"

최영실은 리정선이 예의에 어긋나게 하지나 않을까 하

여 도대체 마음을 놓을 수가 없었다.

"그냥 나한테 맡겨주라우."

"기분 나쁘게 하지 마세요."

최영실은 리정선이 포장지를 찢어버린 것이 아무래도 마음에 걸렸다.

4.

정사용은 가쁜 숨을 몰아쉬며 단숨에 예술가 아파트로 달려갔다. 층계를 뛰어 올라 문이 열린 최영실의 아파트로 들어섰을 때 리정선이 웃는 얼굴로 소파를 가리켰다. 정사용은 두리번거렸으나 최영실은 눈에 띄지 않았다. 그녀가 없으니 오히려 어느 정도 마음의 안정을 찾을 수 있었다. 쩔쩔매는 인민 학생을 앞에 두고 훈계를 시작하려는 선생님과 같은 태도로 리정선은 그를 응시했다. 정사용은 리정선과 시선이 마주치는 게 쑥스러워 피했다. 방 안에서 최영실은 리정선이 큰 실례나 저지르지 않을까 걱정되어 문에다 귀를 바싹 대고 있었다. 정사용이 리정선 맞은편 소파에 앉았다.

"개인적인 질문을 해도 되갔시요?"

리정선이 물었다.

"……."

얼떨떨해 쳐다보는 그에게 리정선이 덧붙였다.

"대답하기 곤란하면 하지 마시라요."

몹시 건방진 어투였지만 그녀가 연장자인지라 정사용
은 고분고분하게 답했다.

"좋심더. 물어보이소."

"이름이 어떻게 됩네까?"

"정사용이라고 합니더."

"고향은?"

"경상도 대구요."

"언제 월북했시요?"

"서울에서 의용군에 지원해 50년 말경에 월북했심더."

"가족은?"

"북조선에는 저 혼잡니더."

"이곳에서 뭐하시요?"

"대극장 소도구실에서 일하고 있심더."

"월급은?"

무례한 질문이지만 최영실이 듣고 있지 않는 한 정사
용은 상관하지 않았다.

"25원."

"25원 월급으로 비싼 시계를 어떻게 살 수 있었시요?"

122

정사용이 아래로 숙이고 있던 고개를 들고 리정선을 힐끔 쳐다보았다. 몹시 불쾌했다.

"도둑질한 물건은 아이니 그렇게 아이소."

"그래요?"

한참 동안 말이 끊겼다가 다시 리정선이 말문을 열었다.

"시계를 무슨 의미로 영실에게 선물했시요?"

정확한 의미가 무엇인지 정사용은 헤아릴 수 없었다.

"그냥 영실 동무한테 어울릴 것 같았심더."

"다른 의미는 전혀 없고요?"

"다른 의미는, 다른 의미는 영실 동무가 찬 시계가 오래된 기라……."

"내 것도 오래됐는데 하나 바꿔주시갔습네까?"

시계를 찬 팔을 내밀며 리정선이 말했다.

정사용은 다소 어이없다는 투로 리정선을 올려다보았다. 그러나 이내 따스한 눈빛으로 웃음을 애써 참는 그녀의 모습을 확인하고는 어리둥절해할 수밖에 없었다.

방 안에 있는 영실은 속이 바작바작 타들어가는 듯했다. 한마디만 더 짓궂게 굴면 문을 열고 나가 자신이 사과를 하는 수밖에 없다고 마음먹었다.

리정선은 상체를 숙여 그의 손을 잡았다. 그리고 속삭

이듯 말했다.

"솔직히 얘기해보시라요."

정사용은 뜻하지 않은 그녀의 태도에 어리둥절했다. 잠시 후 그는 용기를 내어 말했다.

"그라믄 솔직히 얘기하겠심더. 너무 웃진 마이소. 그라고 영실 동무한테는 비밀로 해주이소."

정사용은 큰 결심이라도 한 듯 깊은 숨을 내쉬었다. 그렇게 하고서도 말을 못 꺼내고 한참을 주저하다가 두 손으로 얼굴을 감쌌다. 리정선은 담배를 꺼내 그에게 권했다. 정사용은 담배를 받아 불을 붙여 한 모금을 깊숙이 들이마시고 난 후 입을 열려다 말더니 어느새 담배 한 대를 쉬지도 않고 다 피워버렸다. 그러고는 등받이에 몸을 맡기고 체념한 사람처럼 독백조로 이야기를 늘어놓았다.

"사실 내한테 이런 일이 일어나기는 처음인 기라요. 영실 동무를 본 이후로는 아무것도 몬하겠심더. 음식도 몬 먹고 잠도 몬 자고 일도 할 수 없는 기라예. 쪼매 지나믄 괜찮아질 기라 생각했는데 정반대라예. 점점 심해집니더……. 그렇다고 뭐 뾰족한 수가 있는 것도 아이고…… 처음으로 느끼는 사랑이라 이래 힘드나 보다고 잊을라꼬 수태 노력도 안 했심니껴. 헛수고라예. 이거이 사랑이라 카믄 도대체 사랑에 빠진 다른 사람들은 우찌 사는지 통 모르겠심더."

정사용의 말은 무대에 선 어떤 배우의 대사보다도 감동적으로 두 여자의 가슴에 닿았다. 그는 천장을 한번 올려다본 다음 다시 시선을 아래로 떨구고 계속해서 말했다.

"지는 결혼은 고사하고 절대로 어떤 여자라도 사랑하지 않기로 맹세한 사람입니더. 그라고 지금까지 철저히 지켜왔고 앞으로도 그렇게 노력할라 캤심더."

"왜요?"

리정선이 이야기를 재촉했다.

"내사 남조선에서 사상운동을 한다 카고 아부지, 어무이 가슴에 못을 박았는 기라예. 아마 지금쯤 돌아가셨으면 순전히 지 때문일 낍니더……. 50년 10월에 전선에서 눈을 다쳐 장님이 될 뻔했는 기라예. 시력이 회복될 때까지 온통 암흑 천지를 지내문서 많은 생각을 했심더. 그때 지는 결론을 내린 기라예. 눈만 나으면, 바보처럼 행동하며 바보처럼 살다가 죽겠다고예."

정사용은 뒷주머니에서 손수건을 꺼내 눈물을 닦았다. 잠시 사이를 두었다가 말을 이어갔다.

"그렇다고 불행하게 살겠다는 말은 아입니더. 사계절

이 바뀌는 걸 볼 수 있고, 욕심 없이 다른 사람을 괴롭히지 않고 곱게 늙어가는 지 자신을 상상했지예. 세상의 어느 누구보다도 행복할 자신이 있었는 기라요……."

정사용은 목이 메어 잠시 침묵을 지키다가 먼 산을 보듯 벽을 응시하면서 다시 말을 이어갔다.

"그란데…… 그란데 우짜다 이리 됐는지 지도 정말로 모르겠어예……. 그냥 죽어버리자니 너무나 한심한 한평생이 될 끼고…… 마음대로 미쳐버릴 수도 없고…… 우째야 할지……."

자신도 모르게 흐르는 눈물이 뺨을 지나 무릎 위로 떨어졌을 때에야 비로소 정신이 돌아온 듯, 정사용은 얼른 손으로 눈물을 훔친 후 자신이 생각해도 한심하다는 듯 쑥스러운 미소를 지으며 말했다.

"나이가 서른이 다 된 놈이 눈물을 보이니 부끄럽심더."

그 순간 최영실은 방문에 기대어 두 손을 가슴에 대고 북받치는 감정을 억누르고 있었다. 리정선의 얼굴에는 잔잔한 미소가 흐르고 있었다. 그리고 그녀의 두 눈에도 눈물이 괴었다.

정사용은 갑자기 자리를 박차고 일어나 현관 밖으로 달려나갔다. 너무나 갑작스런 그의 행동에 리정선은 붙잡을 겨를이 없었다.

정사용이 아파트를 뛰쳐나간 후 방문을 열고 나온 최영실을 리정선이 껴안았다. 리정선은 최영실을 다독거리며 혼잣말처럼 중얼거렸다.

"저 사람은 진실로 너를 사랑하고 있어. 아름다운 사랑이야……. 나에게 맡겨줘."

리정선은 방금 만났던 정사용과 조감독을 비교해보았다. 정사용은 조감독과 비교조차 할 수 없는 사람이었다. 한 사람이 보석이라면 또 한 사람은 뭇 사람들의 발에 차이는 돌과 같았다. 리정선은 시간문제이기는 하지만 당 중앙에 큰 줄이 있는 조감독이 영실을 낚아챌 것 같아 불안했다. 조감독의 시중이나 들며 꼭두각시 노릇을 할 마음씨 착한 영실을 그려보았다. 혐오스러운 장면이었다.

며칠 후 리정선은 최영실과 정사용을 자기 집 저녁식사에 초대했다. 두 사람이 함께할 수 있는 자리를 마련해준 것이었다. 최영실은 정사용을 마주하자 어쩐지 포근함이 느껴졌다. 처음에는 어릴 적에 돌아가신 아버지와 자상한 어머니를 한꺼번에 만난 착각이 들 정도였다. 최영실은 시간이 지남에 따라 그가 하는 한마디 한마디

가 자신의 가슴을 촉촉이 적셔주는 걸 느꼈다. 어릴 적
시골에서 동네 닭을 훔쳐먹던 이야기를 들려줄 때는 하
도 우스워 눈물이 날 지경이었고, 전쟁터에서의 전우애
를 이야기할 때면 마치 자기가 그 자리에 있었던 것처럼
크나큰 슬픔에 빠져들곤 했다. 최영실은 그런 그가 항상
옆에 있었으면 하고 바랐다.

둘의 사이는 급격히 가까워졌다. 마침내 당 위원회에
결혼 신청을 내게 되었다. 머지않아 인민배우 칭호를 받
을 수 있는 여배우가 대극장에서 소도구를 정리하는 노
동자와 결혼을 한다는 것은 예삿일이 아니었다. 당 위원
회가 발칵 뒤집힌 것은 당연한 일이었다.

최영실과의 결합을 마음에 품어오던 조감독의 방해는
말할 것도 없었다. 조감독은 이 '미친 남반부 새끼'를 아
오지 탄광이나 신의주 벌판으로 추방해버릴 계획을 짰
다. 그러나 그와 같은 조감독의 계획은 다행히도 성공하
지 못했다. '유명한 여배우와 일개 하급 노동자의 결혼'
으로 사회주의 국가의 좋은 선전 효과를 얻을 수 있다
는 당 위원회 지도부의 결정으로 결혼은 승인되었다. 승
인을 얻어내는 데는 리정선의 역할이 큰 몫을 차지했다.
리정선이 러시아인 남편을 통해 당 요로와 접촉을 했던
것이다.

* * *

딸아이 지숙을 둔 그들의 10년 결혼생활은 어느 누구의 결혼생활과도 비교할 수 없는 아름다움으로 차 있었다. 비록 자유스럽거나 풍요롭지는 않았어도 만약 지상에 천국이 있다면 그들의 10년이 바로 천국이라 할 수 있었다.

그 10년의 마지막 해, 정사용은 남파 간첩으로 훈련받기 위해 당의 호출을 받았다. 그 당시 남한 국회의 실력자로 있는 그의 숙부 정희성과 남한 경제계에서 영향력을 발휘하는 사촌 큰형 정사철이 포섭 대상이었다.

외로운 남행

1.

1970년 늦가을 이른 저녁, 정사용은 지난 3개월 동안 밀봉교육을 받았던 아지트를 나와 평양대극장 부근에 있는 예술가 아파트에 도착했다. 그는 그동안 떨어져 지낸 아내의 모습이 어떻게 변했을지 이리저리 그려보며 아파트의 충계를 한 계단 한 계단 천천히 올라갔다. 3층에서 복도를 걸어가다 어느 문 앞에 섰다. 그곳에서 그는 옷매무시를 다듬었다.

마치 오랫동안 사모했던 여성을 처음으로 대하듯 두근거리는 가슴을 억누르며 초인종을 눌렀다. 문이 열리고 최영실의 모습이 드러났다. 미소 짓는 그녀의 표정에는 어떤 슬픔이 깃들여 있었다. 아마 당에서 그가 다음 날 새벽에 서울로, 20년 전인 1950년 9월 말에 마지막 본 서울로 남파된다는 이야기를 했으리라고 직감했다.

그녀는 그가 고향인 서울로 잠시 가는 거라고 생각할 수도 있었다. 그래서 다소 위안이 될지도 몰랐다. 그러나 이미 서울은 그가 그리는 고향이 아니었다. 그가 중학교 3학년 때까지 살았던 대구도 고향일 수 없었다. 10년 전 최영실을 만난 이후 그의 고향은 어디까지나 그녀의 눈망울 속에, 그녀의 미소 속에, 그리고 그녀의 품속에 자리 잡고 있었다.

그는 그녀의 손을 잡고 응접실로 들어갔다. 된장찌개 끓이는 구수한 냄새가 집 안에 배어 있었다. 다음날 새벽이면 떠나야 하는 아픔이 뼛속까지 스며들었다.

"얼마나 고생이 되셨어……."

말끝을 채 못 맺는 아내에게 '지낼 만했어'라고 말해주고 그녀가 이끄는 대로 식탁에 가 앉았다. 방금 끓인 된장찌개를 조심스럽게 식탁에 올려놓는 아내의 모습은 너무나 아름다웠다. 무대에서 연기하는 모습과는 비교가 되지 않았다.

"지숙이는?"

정사용이 최영실을 올려다보며 말했다.

"감기 기운이 있어 일찍 잠들었어요."

그녀가 딸이 잠들어 있는 방을 바라보며 말했다.

그는 자리에서 일어나 딸이 자는 작은 방으로 들어갔다. 그는 딸의 모습을 한참 동안 내려다보았다. 엎드려 자는 딸을 똑바로 누이고 이불을 잘 덮어주었다. 그리고 딸의 볼에 오래도록 입을 맞추었다.

그는 일어나 돌아서는 순간 충혈된 눈으로 서 있는 최영실과 마주쳤다. 그녀가 그의 품에 와락 안기며 소리 낮춰 흐느끼기 시작했다. 흐느끼면서 그녀는 연신 '울어서 미안해요…… 미안해요'라고 했지만 좀처럼 울음을 떨쳐버리지 못했다. 정사용은 아무 말 없이 아내를 껴안은 채 서 있었다. 정사용은 그녀의 흐느낌이 가라앉자 그녀의 등을 토닥거려주며 미소 지었다. 그녀도 그의 품 속에 안긴 채 그를 올려다보며 미소 지었다.

정사용은 그녀의 손을 잡고 침실로 갔다. 그녀가 다시 그의 품에 안겼다. 그가 그녀의 원피스 단추를 열어나가자 그녀는 남편의 품에 안긴 채 스스로 소매 단추를 풀어 원피스가 발밑으로 흘러내리도록 했다. 정사용이 뒤로 묶인 그녀의 머리 매듭을 풀자 물결치는 머릿결이 절묘한 어깨선과 목에 닿았다. 그 모습으로도 세상에서 가장 아름다운 여자임을 다시 한 번 확인했다.

정사용은 그녀의 속옷을 벗겼다. 나신이 되어 쑥스러워하는 아내의 손을 잡고 응접실로 나왔다. 응접실의 불을 껐다. 응접실 벽면에 놓인 감나무 이층장과 괴목 반닫이 앞에 그녀를 세웠다. 그녀는 몸을 움츠리고 두 손으로 앞가슴을 가린 채 고개를 숙이고 있었다. 뒤로 물러나 창문의 커튼을 젖혔다. 그리고 아내의 모습을 머릿속에 새기려는 듯 오래오래 바라보았다.

곧이어 이층장과 반닫이 앞에서 두 사람은 하나가 되었다. 어느새 달빛이 들어와 있었다. 그 달빛이 두 사람을 떼어놓으려는 것 같아 그들은 달빛마저 둘의 사이에 들어오지 못하도록 했다. 그들은 서두르지 않는 긴 사랑을 나눴다.

그는 아내가 소리 없이 일어나 옷을 입고 찌개를 다시 데우는 동작 하나하나를 그대로 누운 채 눈으로 따랐다. 그녀는 옷을 입을 때도 우아한 모습이었고 머리를 손으로 매만지며 입에 문 핀을 꽂을 때도 아름다웠다.

그는 그녀가 실재하는 사람이 아니라 환상 속의 여자인지도 모른다고 생각했다. 현실의 여자로서는 너무나 완벽했다. 꿈같았던 그녀와의 10년 세월이 주마등처럼 흘러갔다. 이제 무슨 불행이 닥치더라도 자신의 인생은 그 세월만으로도 훌륭한 인생이었다는 자신이 생겼다.

두 사람은 식탁에 마주 앉아 늦은 저녁을 들었다. 된장찌개가 입맛을 돋웠다. 지난 3개월 동안 그 맛을 얼마나 그리워했던가. 그는 오래 굶은 사람처럼 아내가 준비한 음식을 먹었다. 한참 만에 고개를 들고서야 그녀가 아직 음식을 먹지 않고 여태 그만을 응시하고 있었다는 걸 알았다.

그는 미안한 생각이 들어 말문을 열었다.

"지숙이는 자는 모습마저 어떻게 그렇게 이쁘지?"

"당신을 닮아서요."

그녀는 미소를 지으며 말을 받았다.

"아니야, 당신을 닮아서 그래."

"천천히 많이 먹어요. 찌개를 다시 데울까요?"

"아니."

아내의 근심을 조금이라도 덜어주려고 정사용은 그녀가 차려온 음식을 계속 맛있게 먹는 체했다.

저녁을 끝낸 후 그녀가 욕조에 더운 물을 받아두겠다며 일어서자 정사용은 괜찮다고 했다. 정사용은 감기가 든다고 말리는 그녀의 말을 뿌리치고 찬물로 오래도록 샤워를 했다. 머리 위로 떨어지는 세찬 물소리 속에서 그는 분명하게 말했다. 이 세상에 신이 존재한다면 저러한 아내와 딸과 헤어지게는 하지 않을 것이라고…….

그녀가 수건을 가지고 들어와 몸을 닦아주겠다고 했다. 물기를 훔쳐가는 아내의 부드러운 손길이 등에 느껴졌다. 그는 뒤돌아서며 그녀를 꼭 껴안고 오래도록 서 있었다. 아내의 머리를 그의 가슴에 꼭 파묻었다. 부드러운 머리카락이 무엇보다 좋았다. 그녀의 몸 어느 한 곳 자신이 싫어하는 부분이 있으면 차라리 좋을 것 같았다. 그녀가 그에게 한 것처럼 그도 그녀에게 관대해지고 싶기 때문이었다.

새벽에 출발해야 되는 걸 이미 알고 있었던지 아내는 이부자리를 깔아놓고 일찍 자라고 했다. 정사용은 자리에 누웠다. 지금부터 내일 새벽까지가 영원이기를 바랐다. 그러나 놀랍게도 자리에 눕자마자 깊은 잠에 빠지고 말았다. 아내와 딸에게서 흘러나오는 훈훈한 기운이 그가 눈을 뜨고 있도록 허용치 않았다.

새벽녘에 눈을 뜬 그는 옆에 누운 아내의 숨소리를 들으려고 가만히 귀를 기울였다. 숨소리가 들리지 않았다. 깨어 있는 것이 틀림없었다. 곤한 잠에 푹 빠진 남편을 밤새 뜬눈으로 지켜보지 않았기를 간절히 바랐다.

"자는 거야?"

정사용은 누운 채 천장을 보며 나직하게 말했다.

"아니에요. 더 자요. 아직 시간이 있어요."

너무나 또렷하고 따뜻함이 묻어 있는 목소리였다. 국민학교 시절 몹시 추운 날 일찍 일어난 아들에게 좀 더 자라고 말하는 어머니의 목소리처럼……. 한참 동안 침묵이 흘렀다. 여전히 천장을 보며 그는 더듬거리듯 말했다.

"만약…… 나한테…… 무슨 일이 있으면……."

"아무 일도 없을 거예요."

최영실이 단호하게 말을 낚아챘다. 다시 침묵이 흘렀다. 창문으로 비집고 들어온 달빛이 그들 사이의 대화를 엿들으려고 귀를 기울이는 것 같았다.

"헤어져 있는 시간이…… 오래되면……."

"그러면 서로가 만날 수 있다는 희망을 가지면 돼요."

"그래도 시일이…… 오래 흐르면……."

"계속해서 희망을 가져요…… 언제고 만날 수 있어요…… 이 세상이 아니라도 괜찮아요."

그는 더 이상 아무 말도 할 수 없었다. 말을 꺼낸 것이 몹시 후회스러웠다. 결국 해야 할 말을 못한 채 그는 집을 떠나야만 했다.

곤히 잠든 지숙의 뺨에 입을 맞추고 마지막으로 이불을 잘 덮어주었다. 고개를 떨군 아내의 두 손을 잡고 그녀의 부드러운 머리에 입술을 댔다. 그녀의 두 손을 펴서 자신의 얼굴을 감쌌다. 아내의 손을 뗀 후 그녀를 와락 껴안았다. 그렇게 한참 동안 서 있다가 갑자기 그녀의 눈을 피한 채 얼른 돌아섰다. 아파트 문을 나섰다. 복도를 걸어나가면서 뒤돌아보지 않았다.

아직도 어둠이 짙게 깔려 있는 새벽, 아파트 정문을 나와 보도를 걸으면서야 죄지은 사람처럼 창문 쪽을 힐끗 돌아보았다. 닫힌 창문 속에 아내의 모습이 보이는 듯했다. 그는 얼른 고개를 돌려 앞만 보고 뛰었다. '무슨 일이 있어도 돌아오겠다.' 뛰면서 그는 여러 차례 자신을 향해 말했다.

2.

40세 즈음으로 보이는 한 남자가 저녁 무렵, 남한 서울 혜화동 주택가 담이 높게 둘러쳐진 어느 저택의 초인종을 누르고 있었다.

그 집 주인은 당시 국회 내 여당 세력을 지휘하는 노정객으로서, 대통령과 동향인 데다 현 정권이 들어서기 전까지는 대학에서 교편을 잡고 있던 정희성이라는 사람이었다. 그 사람은 천품이 학자형이라기보다는 정치나 사업에 더 적합한 편이었으나 부모의 원대로 판사나 검사가 되려고 일본에서 법학을 전공했다. 고등고시에 여러 번 낙방한 끝에 해방을 맞아 지방 국립대학의 법학과 학과장을 지내면서도 결코 거기에 만족하지는 않았다. 그러던 중 새로운 정부가 새로운 인물을 물색하던 차에 그에게 기회가 왔고, 천성적으로 타고난 능력을 십분 발휘해 한 번 온 기회를 놓치지 않고 집권자의 가려운 데를 긁어주었다. 그리고 수년 내에 국회에서 집권자의 오른팔 역할을 하게 되면서 막강한 힘을 휘두르고 있었다.

초인종을 누른 남자는 허름한 양복을 걸치고 초조한 빛을 감추지 못한 채 주위를 두리번거렸다. 노정객의 집을 찾는 사람들은 대부분 승진을 부탁하는 공무원들이거나, 정치 입문을 위해 무턱대고 찾아온 패기에 찬 배짱 좋은 젊은이들이었다. 혹은 멀리 세워둔 차에서 내려 돈가방을 들고 잘못을 무마하려거나 특혜를 부탁하려는 사업가들도 있었으나, 이 남자는 그들과는 다른 모습이었다. 그럴 수밖에 없었다. 그는 그날 새벽 야음을 틈타 안내원 2명의 도움으로 개성에서 공작선을 타고 인천 부두에서 그리 멀지 않은 해안에 침투한 남파간첩 정사용이

138

었다.

* * *

그날 새벽 먼동이 트기 전에 인천의 한적한 해안에 상
륙한 정사용은 안내원과 헤어지고 지령대로 경인 철로
근처 다리 밑에 몸을 숨기고 있었다. 마침내 한 무리의
노동자들이 공장 쪽으로 철길을 따라 걷는 틈에 정사용
도 끼어 걸어갔다. 밀봉교육을 담당했던 자의 정확한 상
황 예견이 놀라웠다. 시간이 흐르자 불안감이 어느 정도
자취를 감추며 안정이 되었다. 밀봉교육자가 준 파랑새
담배 한 개비를 꺼내 불을 붙였다. 새벽 공기 속을 여러
노동자들과 함께 철길을 걸으며 피우는 담배 맛이 이렇
게 좋을 줄이야……

그는 동틀 무렵의 아름다운 정경을 보며 아내와 열 살
된 딸을 생각했다. 어쩌면 그들도 지금 이 붉은 해를 보
고 있을지 모를 일이었다.

정사용은 철길을 걸으며 다른 노동자들을 곁눈질하는
데 게을리하지 않았다. 그들도 담배를 피우고 있었다.
잠시 꺼냈다가 다시 주머니에 넣는 담뱃갑이 자신이 가

지고 있는 파랑새 담배와는 달랐다. 모두 마찬가지였다. 어느 누구도 파랑새를 피우는 사람은 없었다. 정사용은 깜짝 놀랐다. 슬그머니 피우던 담배를 버리고 주머니 속에 넣어둔 담뱃갑을 꺼내 통째로 길가 휴지통에 버렸다. 그때 정사용은 자신을 교육했던 자가 남한 현실에 그리 밝지 않다는 것을 알았다. 그리고 그가 시키는 대로 무조건 따라서는 안 되겠다는 생각을 했다.

얼마를 노동자들과 함께 걷다가 공단 근처의 철길을 빠져나와 큰길에서 지나가는 택시를 잡았다. 서울 혜화동 로터리까지 가자고 운전사에게 일러주고 잡지『신동아』를 꺼내 열심히 보는 체했다. 교육자가 시킨 대로였다. 그래야만 운전사가 이것저것 쓸데없이 말을 걸지 않는다는 것이었다.

혜화동 로터리 근처에서 택시가 섰다. 어디쯤인가 살펴보니 파출소 바로 옆이었다. 가슴이 뛰었다. 파출소에서 총을 들고 순경이 막 뛰어나올 것만 같았다. 그런데 택시 운전사의 행동에는 별다른 기색이 없었다. 곧 차가 출발하고서야 그는 파출소 앞에 정차한 것은 우연임을 알았다.

택시에서 내려 골목을 따라 올라가자 교육자가 설명했던 집이 눈에 들어왔다. 이렇게 큰 집에 숙부가 산다는 사실이 놀라웠다. 그는 시계를 보았다. 아침 7시. 그는 숙부의 집을 먼발치에서 바라보며 첫 번째 공작 임무를 다시 한 번 마음속으로 되새겨보았다.

숙부는 8시 반경에 집을 나선다. 그전 7시 20분쯤 숙부를 만나 별다른 말은 하지 말고 큰절만 하고 난 후 잠시 나갔다 오겠다며 일단 집을 빠져나온다. 그런 다음 저녁 늦게 상공회의소 부회장으로 있는 사촌형 집에 가서 같은 행동을 한 후 허름한 여관에 피신한다. 그리고 휴대한 단파 라디오로 자정부터 대남 방송을 청취해 새로운 지령을 받아 그 지시에 따라 행동한다는 것이었다.

그가 집 가까이 갔을 때 대문이 열리며 노신사가 나왔다. 뒤이어 따라 나온 한 청년이 대기 중이던 차의 뒷문을 열어주었다. 노신사가 차에 오르는 모습이 보였다. 정사용은 그 노신사가 자신의 숙부인 정희성임을 한눈에 알아보았다.

백발을 제외하고는 겉모습이 예전과 조금도 다름이 없었다. 그는 골목에 얼른 몸을 숨겼다. 뒷좌석에서 신문을 펼쳐드는 숙부의 옆모습을 담은 차가 그의 앞으로 지나갔다. 그의 계획이 빗나가버린 셈이다. 숙부가 없는 집에 들어가는 것은 너무 위험하다. 숙부가 돌아올 시간까지 어딘가에 가 있어야 한다.

숙부를 본 탓인지 아버지의 모습이 눈앞을 맴돌았다. 방금 보았던 숙부의 모습에서 백발을 반백으로만 바꾸면 아버지와 조금도 다르지 않았다. 그는 아버지와 어머니가 이미 이 세상 사람이 아님을 밀봉교육 중에 들었다. 그런데 자신은 아버지의 묘소가 어딘지도 모른다. 뜨거운 물줄기 하나가 목울대로 치솟다가 가슴 구석구석을 적셨다.

순간 머릿속을 스치는 게 있었다. 대구에서 이사 와 서울에서 살았던 2년간 정초가 되면 아버지의 두루마기 자락 뒤를 따라 눈길을 밟으며 성묘를 다니던, 서울시 외곽에 위치한 벽제의 선산이 떠올랐던 것이다. 그는 큰 길로 뛰쳐나와 지나가는 택시를 잡았다.

3.

택시는 중앙청을 지나 효자동으로 향했다. 중앙청의 모습은 옛날 그대로였다. 그가 마지막으로 보았던 중앙청의 둥근 탑 위에는 별이 그려진 붉은 기가 가을바람에 힘없이 펄럭이고 있었고, 중앙청의 구내에는 땅 위를 구르는 나뭇잎들이 낙동강 강변에서 쓰러진 젊은 청춘들을 슬퍼하는 듯한 모습을 하고 있었다.

효자동에는 아직도 무심하게 서 있는 낯익은 경복중학교 건물이 저만치서 윗부분을 드러내고 있었다. 4층 창문으로 반쯤 몸을 내밀고 운동장을 나서는 자신을 향해 '영광이다! 정사용 파이팅!'을 외치던 급우들의 얼굴이 허공에 떠올랐다. 두 사람의 형사에게 양팔을 잡힌 채 교문 밖으로 끌려나가는 열일곱 소년인 자신을 그려보았다.

그는 차창 밖으로 시선을 보냈다. 지금은 볼썽사나운 아파트가 산을 뒤덮었으나 그것은 여전히 친근한 청운동 뒷산이었다. 골목 하나하나가 크게 변하지는 않았다. 아늑한 한옥을 정답게 이어주던 꾸불꾸불하고 좁은 골목들이 딱딱한 벽돌로 지어진 집들을 양쪽으로 거느리고 낯선 대로로 넓혀졌다는 것 외에는.

동이 트기 전 삐라를 붙이던 청운동 골목길이 그의 눈에 비쳤다. 형사들이 오나 망을 보던 동료들의 얼굴이 골목 어귀에 박혀 있는 듯했다. 그들은 지금 어디에서 무엇을 하고 있을까. 누가 뭐라 해도 희망에 찬 청춘들이었다. 그들은 착하고 무력한 농민의 편이었고 착취당하는 노동자들을 위해 싸웠다. 어떤 고통과 어려움을 당하더라도 궁극적으로는 공산주의가 승리한다는 신념이 있었다.

힘찬 팔뚝을 흔들며 행진하는 노동자들의 모습을 배경으로 한 레닌의 포효하는 모습이 그냥 그대로 좋았고, 따발총을 메고 장화를 신은 소련 여군의 웃음 속에서 그가 찾는 행복을 확인했다. 붉은 기는 그를 무조건 흥분시켰었다.

　무엇보다 그들을 흥분시킨 것은, 그들끼리 몰래 불렀던 〈인터내셔널가〉의 프랑스어 가사 내용이었다. "자유란 모든 사람이 향유하지 않는다면 특권에 불과하다"라든지, "소유에 집착하지 말아라. 왜냐하면 권리가 없으면 아무것도 가진 것이 아니다" 같은 구절이었다.

　너무나 순진하기만 했던 그때가 그리웠다.

　그러나 세상은 순진한 소년들의 생각처럼 그렇게 단순하지 않다는 것을 차차 알게 되었다. 세월이 흐름에 따라 색이 바래는 것을 막으려면 붉은 기는 계속해서 인간의 피로 물들여져야 했고, 붉은 기를 보고 흥분하는 사람들이 있는 반면 그것을 붉은색으로 물들인 데 대한 울분을 참고 있는 사람도 있다는 것을 알았다. 또한 인간이라는 동물은 서로 분명히 차이가 있고, 소유란 자유와 직결되어 있고, 소유가 없는 사회는 권력이 지배하게 되어 있다는 것을 세월이 한참 흘러서야 알게 되었다.

　택시가 독립문을 지나 교외로 빠지기 시작했다. 정사

용은 여당의 거물 정치인인 숙부와 상공회의소 부회장으로 있는 사촌형을 만난 후 오늘 밤 여관에 들어가 새로운 대남 지령 방송을 들을 자신을 그려보았다. 어떤 지령일까 궁금했다.

밀봉교육 아지트를 떠나기 전 '어쩌면 모레 평양에서 다시 보게 될 것'이라던 교육자의 말에 마음이 켕겼다. 그들의 속셈을 조금씩 엿볼 수 있는 듯했다.

숙부나 사촌형이 쉽게 포섭되지는 않으리라. 뿐만 아니라 그들은 인정상 자기를 즉시 경찰서에 고발하지도 못할 것이다. 그렇게 되면 그들은 다른 통로를 통해 남한의 친척들이 그를 고발하지 않은 점을 빌미로 협박할 것이고, 결국 남한의 친척들을 그들의 수중으로 끌어들이려고 할 것이다.

정사용은 예정대로 모레쯤 평양에서 가족을 만날 수 있으리라는 생각으로 잠깐 희망에 부풀었으나, 숙부와 사촌형이 처할 위험에 눈을 감고 있을 수만은 없을 것 같았다. 피를 나눈 가족간의 정마저 인정치 않는 붉은 기의 속성을 잘 알고 있었으나 새삼스레 그 잔인함에 전율을 느꼈다.

남한의 친척이 풍비박산이 나지 않으면서 북에 있는 아내와 딸도 살 수 있는 방법을 찾아야 한다. 그러나 아무리 생각을 해도 빠져나갈 방법이 없다. 자신은 그 방법을 찾지 못해도 아버지는 그 지혜를 빌려줄지도 모른다.

택시는 의정부 방향과 벽제 쪽의 갈림길에 막 들어서고 있었다. 그는 택시를 세워 가게에서 북어포와 사과, 배 그리고 정종도 한 병 샀다. 불현듯 향 내음을 맡으며 지하에 계신 아버지와 얘기를 나누고 싶었다. 까마득한 옛날, 한밤중에 할아버지 제사를 지내던 아버지가 할아버지 영정 앞에 엎드려 얘기를 나누었던 것처럼 그도 아버지와 대화를 나눌 수 있을 것 같았다. 공동묘지 근처인 덕분인지 향을 판다는 가게 주인의 말에 몹시 기뻤다.

택시는 다시 벽제 쪽으로 달렸다. 차창 밖으로 스치는 늦가을 따스한 햇볕과 쓸쓸히 서 있는 나무와 산등성이에 소복이 쌓인 낙엽을 보자 자신의 임무가 우스꽝스러운 어린아이 장난처럼 느껴졌다.

택시에서 내려 선산 쪽으로 방향을 더듬었다. 오솔길이 하도 눈에 익어 마치 지난 정초에 다녀간 듯했다. 흘러가는 세월이 하나의 긴 끈이라면, 헛된 20년을 끊어버리고 다시 그전의 세월과 지금이 단단하게 이어진 그런 느낌이었다. 그러나 세상의 모든 사람들이 끊어버린 20

년을 잊어버릴 수 있다 하더라도 그에게는 그것이 불가
능했다. 사랑하는 아내와 열 살 된 딸이 그 20년 사이에
그에게 왔기 때문이었다.

술병을 든 손에 땀이 배어났다. 늦가을 날씨인데도 땀
에 젖은 속옷이 몸에 달라붙었다. 지금 그의 가슴을 갈
가리 헤집는 것은 돌이킬 수 없는 세월이었다. 선산은
그다지 달라진 게 없었다.

봉분과 세월의 이끼를 덮어쓴 분묘의 석물들……. 아
버지는 어디에 계시는 걸까. 정사용은 이곳저곳을 찾아
봉분들 사이를 건너다녔다. 선산 중턱에서 가까스로 아
버지와 어머니가 합장된 묘소를 찾을 수 있었다. 잘 다
듬어진 봉분과 상석 그리고 아버지와 어머니가 계심을
알리는 비석 덕분이었다.

외아들이면서 부모님 제사를 모시지 못하는 자신의 처
지에 생각이 미쳤다. 가슴을 때리는 뜨거움이 치밀어올
라 얼굴까지 화끈거렸다. 호흡을 가다듬고 큰절을 두 번
올렸다. 절을 마치고 주머니칼로 아래와 윗부분을 베어
낸 과일과 북어포를 상석에 차려놓았다. 두 손으로 흙
을 모아 향을 듬뿍 꽂고 불을 붙였다. 참으로 오랜만에
맡아보는 향 내음이었다. 양친이 나란히 그의 앞에 나타
날 것 같았다. 종이컵에 정종을 따라 상석 앞쪽으로 놓

고 다시 두 번 절을 올렸다. 그리고 나서 정종을 묘 앞에 조금씩 부었다. 그는 다시 정종을 따라 상석에 올려놓은 다음 그 앞에 꿇어 엎드렸다.

반쯤 열린 창문으로 매서운 바람이 들어와 꿇어 엎드린 그의 손을 금방이라도 얼릴 것 같았던 추운 겨울밤이 생각났다. 엎드린 채 두 손을 이리저리 포개놓으면서 제사가 빨리 끝나기만을 기다렸던 어린 시절, 아버지와 집안 어른들, 그리고 사촌들과 함께 모시던 제삿날…….특히 검은색 두루마기 차림으로 엄숙히 제사 의식을 치러나가는 아버지의 모습이 떠올랐다.

비록 좌익 학생 활동에 빠져 있던 외아들을 달가워하지는 않았지만 아버지의 속마음은 그렇지 않다는 것을 피부로 느낄 수 있었다. 정사용도 마찬가지였다. 그가 있던 곳이 북이든 남이든 가슴속 가장 깊은 자락은 아버지와 어머니가 자리 잡고 있었다.

병석에 누운 아비를 두고 의용군에 지원한 아들을 얼마나 원망하셨을까. 그리고 끝내 임종조차 보지 못하고 떠난 아들을 향한 한이 얼마나 크셨을까.

아버지 곁을 떠날 때만 해도 정사용은 아버지의 혹독한 경험을 못된 한 인간의 짓으로 돌려버렸다. 6 · 25전쟁 전 중학생이었던 그가 형사들에게 수없이 당한 경험에 비할 바가 아니라고 생각했다. 지금에 와서야 아버지가 세상을 떠난 것이 내무서에서 당한 육체적·정신적인 학대가 원인이었을지도 모른다는 생각이 들었다. 그런 생각을 미처 하지 못한 자신이 한심스러웠다.

만약 그것이 사실이라면 그들은 송두리째 바친 그의 젊음도 부족해 아버지마저 앗아간 셈이었다. 그리고 이제는 남한에 있는 친척들마저 그들의 도구로 만들려고 한다. 그러나 그에게는 아무런 대책이 없지 않은가. 그들이 아내와 딸을 볼모로 잡고 있는 이상은.

그는 엎드린 채 흐느끼는 자신을 발견했다. 흐르는 콧물을 손등으로 닦으며 아버지에게 용서를 빌었다. 멋모르고 공산주의 운동을 한 자신을 용서해달라고, 그리고 돌아가신 후 제수 한 번 올리지 못한 피치 못할 처지를, 그리고…… 그리고 무엇보다도 숙부와 사촌 형을 북한의 도구로 끌어들이지 않으면 안 될 자신의 처지를.

노한 아버지의 음성이 들리는 듯했다. 아버지에게 북에 있는 가족도 생각해달라고 애원했다. 그리고 사촌형이야 달리 살아날 방도를 찾을 수 있을 것이며, 숙부는 얼마 남지 않은 인생이 아니냐고 염치없는 말도 해보았다. 노한 아버지의 얼굴이 눈에 보이는 듯했다. 정사용은 자신의 안위는 안중에 없다고 다시금 호소했다. 그가 없이는 애초에 이 세상에 태어나지 않았을 딸과, 아내에게 자신이라는 존재가 갖는 의미를 아버지에게 설명했다. 그는 아버지의 분노를 더 이상 견딜 수 없어 벌떡 일어나 절을 두 번 했다. 어쩌면 아버지가 오히려 북한에 있는 가족을 버리라고 설득할 것 같아 두려웠다.

그는 묘 주위를 둘러보고 엉성한 곳을 손으로 다독거리며 잡초를 뽑아냈다. 묘 앞에 앉아 포를 안주 삼아 정종을 마셨다. 아직도 가을햇볕이 따사로웠다. 그냥 이렇게 오래도록 앉아 있고 싶었다. 사방을 둘러보았다. 주위 경관이 빼어나게 아름다웠다. 저 멀리 아래쪽에 군부대의 나지막한 막사들이 보였다. 보초가 서 있는 정문을 군 차량이 드나들었다. 그제서야 정사용은 현실로 돌아왔다. 급히 산을 내려와 서울 쪽으로 터벅터벅 걸어갔다. 서쪽으로 저무는 해가 그의 얼굴을 정면에서 비추어 깊은 고뇌를 드러내주었다.

4.

정사용은 잠시 망설이다가 초인종을 눌렀다. 정원 안에서 개가 무섭게 짖어댔다. 누군가 안에서 나오는 기척이 나더니 '누구십니까?' 하는 청년의 목소리가 들렸다.

'사준이가 왔다고 정 의원님께 전하십시오'라고 연습한 대로 말했다.

'사준'은 정사용이 어려서 집안에서만 불리던 아명이었다. '정 의원님과 약속이 있습니까?'라는 말에 '사준이가 왔다고만 전해주시오'라고 다소 꾸짖는 투로 말했다. 신발 소리가 되돌아갔다가 오더니 '성함이 어떻게 되시느냐'고 다시 물어 '정 · 사 · 준'이라고 한 자 한 자 힘을 주어 대답했다. 신발 소리가 아까처럼 되돌아갔다가 다시 가까이 들려오기 시작했다. 문을 열어준 청년이 현관 쪽을 가리켰다.

정사용은 커다란 네온등이 비춰주는 넓은 정원으로 들어섰다. 잘 다듬어진 사철나무가 담 주위를 둘러싸고 있었으며 담 모퉁이에 매인 셰퍼드는 쇠사슬을 끊고 금방 달려들듯이 그를 향해 짖어댔다. 밟고 걷기가 미안할 정도로 깨끗한 자연석을 깐 통로를 지나 현관으로 갔다. 그때 현관 앞으로 한복 차림의 숙부가 나왔다. 숙부는 잠깐 그를 본 후 다시 안경을 벗고 상체를 앞으로 숙여 찬찬히 살펴보았다. 다음 순간 손을 덥석 잡아 현관 안으로 끌어들이며 주위를 한 번 둘러보고 얼른 문을 닫았다.

두 사람은 여러 점의 동양화와 붓글씨가 걸려 있는 큰

방으로 들어갔다. 손님들을 맞는 방으로 보였다. 아랫
목에는 보료가 깔려 있었다. 숙부가 보료에 자리를 잡자
정사용은 큰절을 올렸다.

"언제 왔노?"

정사용이 숙부 앞에 꿇어앉자 숙부가 나직이 물었다.

"오늘 새벽에 왔심더."

정사용이 고개를 숙인 채 말했다. 숙부 앞인지라 밀봉
교육을 받으며 익혔던 서울말보다 경상도 사투리가 먼저
튀어나왔다.

숙부는 그를 바로 보지 않고 천장으로 시선을 돌렸다.
전혀 예상치 못한 돌연한 사건에 머리를 좀 정리하려는
모양이었다. 그 역시 숙부의 그러한 모습만 물끄러미 바
라보았다.

"새벽에 와서 와 인자 찾아왔노?"

"아침에 문 앞에까지 왔다가 막 외출하시길래 못 만나
뵀심더."

숙부는 사실대로 말하는지 확인이라도 하려는 듯 정사
용의 얼굴을 뚫어지게 바라보았다.

"그라믄 하루 종일 어데 있었노?"

담배를 꺼내 불을 붙이는 숙부의 손이 가늘게 떨리는
것을 정사용은 놓치지 않았다.

"……."

아버지 산소에 다녀왔다는 말이 괜히 쑥스러워 대답이
목에서 나오려다 다시 들어가버렸다.

"혹시 서울 친척이나 친구들…… 만나봤나?"

정사용은 그제서야 숙부가 무엇을 걱정하는지 알아차
렸다. 그는 숙부를 안심시키기 위해 그냥 사실대로 털어
놓을 수밖에 없다고 생각했다.

"벽제에 갔다 왔심더."

"벽제는 와?"

"아부지 산소에……."

"그래? ……아부지한테 뭐라고 말씀드렸노?"

숙부는 여전히 시선을 피한 채 물었다. 그의 말투가
조금 수그러들었다.

"……."

무슨 말씀을 드렸던가. 무슨 말씀을 드렸던지 좀 생각
을 정리해봐야 했다.

"아부지 묘소에 잡초는 다 뽑아졌드나?"

정희성이 다시 물었다.

"잘돼 있었심더."

"……그래 아부지한테 뭐라고 말씀드렸노?"

혼자 쏟아낸 넋두리를 이제 와서 숙부에게 조리 있게

말한다는 게 수월치 않았다.

"그냥 실컷 울었심더."

그때서야 숙부는 윗몸을 돌려서 정사용의 두 손을 잡고 똑바로 시선을 맞췄다. 숙부의 눈 가장자리 끝에서부터 서서히 물기가 번졌다. 정사용도 눈두덩이가 뜨거워져옴을 느꼈다. 숙부가 그를 와락 두 팔로 끌어안았다. 정사용은 숙부의 품에 안겨 조용히 흐느끼기 시작했다. 숙부는 소맷자락으로 계속 눈시울을 닦아내며 아무 말이 없었다.

정사용의 흐느낌이 잦아들자 숙부는 그에게서 조금 떨어져 앉아 담배를 입에 물었다. 숙부는 담배를 깊숙이 빨아들이다가 길게 내뿜었다. 연기가 어지럽게 엉키며 흩어져갔다. 얼마 후 덜 탄 담배를 비벼 끄며 다시 물었다.

"니 나이가 올해 몇이고?"

"서른여덟입니더."

"결혼은 했제?"

"예."

"애는 몇이고?"

"여식아가 하나 있심더."

"몇 살이고?"

"열 살 됐심더."

"에미는 몇 살이고?"

"서른두 살입니더."

"연애했나, 중매했나?"

"연애했심더."

그는 퍼뜩 중매했다는 편을 맘에 들어할 숙부의 마음을 헤아렸다. 숙부의 질문에서는 예전 그대로 고리타분한 집안 어른들의 사고방식이 여전히 엿보였다. 그러나 그것이 20년 동안 잊고 있었던 훈훈한 가족애로 받아들여져 싫지는 않았다.

"에미는 뭐하노?"

숙부는 그의 아내가 집에서 살림을 하는 여자라야 좋아하시리라는 것을 알았다.

"연극배우로 일합니더."

"어느 도 출신이고?"

조카며느리 감으로 합격하려면 남한의 양반 가문 출신이라야 할 테지.

"이북 출신은 아닙니더."

"아부지는 뭐하던 사람이고?"

아버지가 없는 조카에게 숙부로서 마땅히 짚고 지나야 할 절차로 여기고 있는 게 틀림없다. 그러나 아내가 어렸을 적에 돌아가신 장인이 영화감독이었다고 얘기하고 싶지 않았다.

"사상가는 아입니더."

숙부는 그를 다시 빤히 쳐다보았다. 앞에 있는 조카가
말썽꾸러기 중학교 5학년생이 아니라 사십 고개를 바라
보는 중년이라는 것을 처음으로 알아차린 듯했다.

"필동 큰형 사철이 소식은 들었나?"

상공회의소 부회장으로 재계에 영향력이 있는 사촌 큰
형 정사철도 그의 포섭 대상에 포함되어 있는지 맥을 잡
으려는 물음 같았다.

"조금 있다 찾아뵐 낍니더."

순간 적잖이 당황해하는 숙부의 표정이 그대로 드러났
다. '자칫하면 온 집안이 망하겠구나' 하는 예감이 정치
로 한 세월을 보내는 숙부에게 없을 리 만무했다.

숙부는 무엇을 생각하는지 잠시 침묵을 지켰다.

"니 밥은 묵고 다니나?"

생각을 더듬어보니 오늘 새벽 남한에 침투한 뒤로는
부모님 산소에서 먹은 정종에 곁들인 북어포가 전부였
다. 그런데도 전혀 배고픈 줄 모르고 하루 내내 다녔던
것이다.

"내하고 같이 밥이나 묵자."

숙부는 인터폰을 통해 비서인 듯한 남자에게 손님과

겸상을 차리고 숙모를 들어오게 하라고 일렀다.

곧이어 숙모가 방으로 조용히 들어왔다. 정사용은 벌떡 일어나 숙모를 향해 고개를 숙였다. 숙모는 정사용을 몰라보고 그저 사뿐히 목례를 한 후 숙부의 지시를 기다리는 듯이 가만히 있었다. 그러자 숙부가 턱으로 가리키며 '사준이가 왔네'라고 담담한 어조로 말했다. 숙모는 잠시 어리둥절하다가 비로소 알아보고는 어정쩡하게 서 있는 정사용에게 달려들며 그를 부둥켜안았다.

"이게 누구고, 이게 얼마 만이고!"

숙모는 같은 소리를 연거푸 하며 목놓아 울었다. 숙부는 못마땅해하는 표정을 지었다. 빨리 울음을 거두라는 눈치를 몇 번이나 힐끔힐끔 숙모에게 보냈다. 숙모는 숙부의 눈치를 곁눈질로 살피면서도 정사용의 어깨를 어루거나 거리를 두고 얼굴을 찬찬히 들여다보기도 하며 울음의 자락을 떨쳐내버리지 못했다.

"이렇기 훌륭한 청년이 됐는데 형님이 살아 계셨더라면 얼마나 좋아했을꼬."

정사용은 숙모와 어머니가 생전에 특별히 가까운 사이였다는 기억이 새로웠다.

"우째 갸가 청년이고? 인자 사십 고개를 보는데……."

숙부가 짜증이 섞인 목소리로 혼잣말처럼 내뱉었다.

일이 어떻게 돌아가는지, 집안 꼴이 어떻게 될 것인지 앞뒤 사정도 전혀 파악하지 못하고 기뻐만 하는 숙모가 답답한지 핀잔을 준 것이다. 그의 질타에도 아랑곳하지 않고 뒤엉켜 훌쩍이는 그들을 두고 숙부는 슬며시 자리에서 일어났다.

"사준아, 숙모와 잠깐 이야기하고 있거래이, 내 화장실에 갔다 오꾸마."

숙부는 엉거주춤한 자세로 돌아서서 화장실이 있는 방향을 가리키며 방을 나갔다.

정희성은 마치 허공을 딛는 듯한 기분이었다. 작은형님조차 안 계시는 지금 20년 만에 조카를 만난 기쁨을 앞질러, 집안 꼴이 천길 낭떠러지로 가는 것이 훤히 보이는 듯했다. 그럴 수는 없다, 암, 절대로 그냥 두고 볼 일은 아니다,라고 정희성은 중얼거렸다.

그는 방을 나온 즉시 응접실로 가 상공회의소 부회장인 장조카에게 전화를 걸어 식구들한테도 이야기하지 말고 급히 혜화동으로 오라고 불렀다. 정사용과 같은 항렬이고 예전에 그와 가깝게 지냈던 조카들도 함께 데려오라고 했다. 남자 비서에게 외부인이 찾으면 부재중이라 하고 찾아온 손님도 들여보내지 말라고 단단히 일러두는 것도 잊지 않았다. 그리고 조카들이 도착하면 아무 말 말고 응접실에서 기다리게 하고 살짝 알려달라고 지시했다.

정사용이 있는 방으로 가며 정희성은 이유가 뚜렷하지 않은 분노가 속에서 치미는 것을 느꼈다. 대가리에 피도 안 마른 때부터 빨갱이 운동을 한답시고 나돌아다니던 사용이 놈 때문에 속깨나 썩였던 작은형에게 생각이 미치자 20년 만에 만난 조카가 반가워지기는커녕 화가 치밀어 올랐다. 그 못된 놈을 다시 보니 이제는 괘씸한 생각도 없지 않았다. 정희성은 '이놈이 전생에 무엇이었길래 어릴 때는 제 아비 애물 노릇을 하더니 이제 와서는 집안을 망치려고 하노'라고 중얼거리며 '끙' 신음을 토해냈다.

그는 방으로 들어섰다. 숙모와 조카가 웃는 낯으로 집안 이야기를 주워섬기고 있었다. 그들은 방에 들어와 보료에 앉은 숙부를 잠깐 쳐다본 후 다시 이야기를 계속했다. 정사용이 제 또래 친척들의 안부를 물으면 숙모는 그 조카가 잘살면 얼굴에 희색을 띠고 신이 나 떠들다가도 잘 안 풀린 살붙이의 경우에는 나직이 이야기했다.

정희성은 아내를 물끄러미 보았다. 집안에 어떤 회오리가 몰아칠지 몰라 자신은 속이 타는데 한치 앞도 못

보고 저러는 할망구가 어디로 칠순을 꽉 채웠는지 한심스러웠다. 아무튼 인생의 말년에 와서 집안의 비참한 꼴을 당하지 않도록 해야 한다는 생각이 더욱 굳어졌다. 50년 동안 까다로운 그의 성질을 견디며 집안의 화목을 깨지 않고 지켜온 아내에게 비참한 일이 일어나게 해서는 안 될 일이었다. 정희성은 조카와 숙모 사이에 한참 오고 가는 이야기의 중간을 끊고 끼어들었다.

"인자 나가서 퍼뜩 상 차려 가지고 오게나."

숙모는 적잖이 아쉬운 표정을 지으며 숙부의 표정을 살폈다. 그 표정이 심상치 않다고 느꼈는지 아무 말 않고 손수건으로 얼굴을 훔치며 상을 차리러 나갔다.

무엇이 그리 급했던지 숙모는 순식간에 밥상을 차려왔다. 정희성의 불편한 심기를 건드리지 않으려는 듯 눈치를 살피다가 못내 아쉬운 표정으로 나가려는 아내에게 정희성은 옆에 앉으라고 했다. 내보내면 주책없이 떠벌릴 위험도 있었고 조카들이 오면 자신이 응접실로 나가야 할 텐데 그사이 정사용과 말붙일 사람이 필요했기 때문이었다.

정희성은 정사용과 상을 마주하고 앉았다. 숙모는 소금과 파를 정사용의 국그릇에 넣어주었다. 정사용은 입안에 곰국을 한 숟가락 떠넣었다. 역시 음식이 달랐다.

이렇게 푹 끓여 제 양념을 친 곰국은 너무나 오래간만이었다. 실로 20년 만에 맛보는 진짜배기 곰국이었다. 김치도 한 점 입에 넣었다. 그 김치 맛도 20년 만에 다시 맛본 진짜배기 경상도식 김치였다.

식사가 채 끝나기도 전에 밖에서 방문을 두드리는 소리가 들렸다. 조카들이 당도했다는 기별일 것이다. 정희성은 수저를 얼른 놓고 방을 나섰다.

응접실에 와 있던 상공회의소 부회장인 장조카 정사철과, 정사용 나이 또래의 조카 둘이 그가 들어서자 자리에서 얼른 일어섰다. 정희성은 정사용보다 열다섯 살 위인 장조카에게 정사용이 느닷없이 들이닥친 일과 그 이후에 나눈 대화를 간단히 알려주었다. 다른 조카들은 조용히 듣고만 있었다. 그들 모두의 표정이 순간적으로 반가운 빛을 띠었다가 곧 심각해졌다. 정희성은 그들의 흥분이 가라앉을 수 있는 시간을 주기 위해 잠시 뜸을 들였다가 입을 열었다.

"사준이가 지 아부지 묘소에 갔다 왔다 카는 거 보이까 그누마 아직 완전히 빨갱이는 안 된 모양이제?"

이제는 완전히 사색이 된 장조카를 안심시키려는 듯 정희성이 혼잣말처럼 중얼거렸다.

"진짜 빨갱이가 됐으믄 아부지 묘소가 먼저 생각나겠

십니꺼? 묘소에 가서 뭐했다고 그랍니꺼?"

정사철의 표정이 한껏 밝아졌다.

"실컷 울었다 카데."

숙부의 눈시울이 붉어졌고, 장조카도 마찬가지였다. 다른 두 조카는 겁먹은 표정으로 눈동자만 굴릴 뿐이었다.

"그라믄 희망이 있심더. 지한테 한번 맡겨주이소."

정사철이 자신에 찬 목소리로 말했다.

"우짤라 카노?"

"당장 자수하러 가자고 해야지예."

"안 한다 카면 우짤 끼고?"

"모가지라도 끌고 경찰서로 데리고 가야지예."

정희성은 그렇게 말하는 장조카에게 못마땅한 표정을 지어 보였다. 꽤나 큰 사업을 한답시고 세상 사람을 자기 비서 다루듯 단순하게 생각하는 장조카의 경박한 태도가 마음에 들지 않았기 때문이었다.

20년의 세월이 겉으로 보기에는 멀쩡하겠지만 속으론 정사용이라는 인간을 어딘가 변모시켰을 것이라는 점을 장조카는 헤아리지 못했다. 이념이 다른 사회에서 20년이란 무섭게 긴 세월이 아닌가. 정희성은 구석에 앉아 있는 두 조카들에게 말머리를 돌렸다.

"너그들은 사준이와 나이 차가 어떻게 되노?"

"지하고는 동갑이고, 사성이보다는 한 살이 많심더."

잠자코 듣고만 있던 정사훈이 제정신이 돌아온 듯 얼른 대답했다.

"너그들 학교 다닐 때 잘 지냈나?"

"국민학교와 중학교 2학년 때까지는 매일같이 붙어살았심더."

정희성의 기억 한켠으로 정사용이 서울로 자리를 옮기기 전 중학교 2학년 때 이놈들과 한패거리를 짜고 대구 중앙통을 휩쓸며 온갖 불량배 짓을 하는 것을 작은형이 잡아다가 몽둥이찜질을 했던 것이 떠올랐다. 사람 될 성 싶지도 않던 놈들이 이제는 대기업과 은행의 중견사원으로 행세를 하는 걸 보니 대견스럽기도 했다. 그런데 어쩌자고 사용이 이놈은 이 모양 이 꼴로 찾아들어 아직도 나의 애간장을 끓게 하고 있나. 정희성은 한숨을 토해냈다.

"너그들 술 잘하나?"

정희성의 물음에 두 조카는 어리둥절했다.

"사준이도 술 잘하나?"

생각지 못한 물음에 대답을 망설이는 두 조카에게 정희성은 되물었다.

"예, 갸는 술고래 아입니꺼. 어릴 때부터 말입니더."

"그래?"

정희성은 한참을 골똘하게 생각에 잠겼다.

"오늘 밤 무슨 일이 있어도 사준이를 우리 집에서 내보내면 안 된데이. 통행금지 시간까지는 꼭 잡아도야 된다. 알겠나? ……너그들 둘이서 사준이에게 단단히 술을 멕이고 옛날 얘기도 하면서 일단 시간 끌거래이. 사준이 자수는 큰형하고 내한테 맡기고…….

"예, 알겠심더."

자신들의 출세를 도와준 집안 큰어른 부탁에 두 조카는 머리를 조아리며 대답했다.

"내하고 큰형이 먼저 사준이한테 가서 잠깐 이야기를 하고 나올 테니, 니들은 여기서 기다리거래이."

정희성은 장조카를 데리고 정사용이 있는 방으로 갔다.

정희성과 정사철이 방문을 열고 들어서는 순간 정사용은 벌떡 일어나 경계의 빛을 띠었다. 숙부가 다른 사내와 함께 온 것이 그를 긴장시킨 모양이었다. 정사철이 그의 앞으로 나섰다.

"사준아, 나데이. 나 모르겠나? 큰집의 큰성 아이가?"

처음에는 얼른 알아보지 못했지만 큰형의 불어난 틀속에 예전 모습이 그대로 들어 있었다.

164

그때서야 정사용은 긴장을 누그러뜨렸다. 정사철이 다가와 그의 두 손을 잡았다. 그러고 나서 그의 얼굴과 뺨을 손으로 쓰다듬었다.

"사준아, 고생이 많았제?"

"아입니더."

뺨과 손을 큰형에게 맡긴 채 정사용은 처음에는 어린 아이처럼 쑥스러워하며 말했다.

"건강하나?"

"예, 건강합니더……. 형님 앉으시소. 절을 해야지예."

"아이다. 절은 무슨 절이고……."

정사철이 손을 내저으며 말했다. 숙부 앞에서 동생의 큰절을 받는 게 어색한 듯했다.

"앉거래이. 절 받아야제."

정희성이 장조카를 꾸짖듯 말했다. 정사용에게 혈육관계를 다시 한 번 인지시켜줄 수 있는 기회를 놓치고 싶지 않았다.

정사용은 큰형에게 큰절을 했다.

"오냐, 그래. 니 절 받으니 이제 속이 확 풀린 것 같구마."

정사철이 다시 정사용의 어깨를 잡으며 말했다.

"사훈이와 사성이가 니 보러 왔다. 밖에서 기다리고

있다."

숙부가 말했다.

"그래예, 갸들은 다 건강하지예?"

정사용이 반가운 표정을 지으며 되물었다.

"그라믄, 다 잘살고 있니라. 니 보고 싶어서 얼른 달려
안 왔나."

숙부의 말이 채 끝나기도 전 정사용의 마음은 과거로
돌아가고 있었다.

20여 년 전 그들과 어울려 다니며 쌈질하던 중학교 시
절이 눈앞에 아련했다. 사훈이란 놈은 아직도 몸이 비실
비실하고, 사성이란 놈은 여전히 어리버리한지 빨리 보
고 싶었다. 그들이 얻어맞지 않고 학교를 다닐 수 있었
던 것은 순전히 자신의 주먹 덕이라는 사실을 아직 그들
도 기억하기를 바랐다.

"우린 이만 나가 있고 사훈이와 사성이를 들여보낼 테
니 오랜만에 술 한잔씩 하거래이."

숙부와 큰형이 자리에서 일어났다. 그때까지 옆에서 조
용히 지켜보던 숙모도 술상을 보겠다며 따라 일어났다.

세 사람이 나가고 나서 바로 사촌들이 방으로 들어왔
다. 여전히 비실비실하고 어리버리할 줄 알았던 모습은

166

간데 없고 못 알아볼 정도로 부잣집 샌님 같은 토실토실한 얼굴들이었다. 오히려 자기가 비쩍 마른 체격이었다.

그들은 예전에 다른 패거리들을 혼내주고 그랬던 것처럼 서로 껴안고 껑충껑충 뛰었다. 그때와 마찬가지로 먼저 정사용이 뜀을 중지했을 때야 그들도 따라서 멈췄다.

정사용은 한패거리로 쏘다녔던 친구들 소식을 물었다. 친구들 중에 계집아이처럼 얌전했던 녀석이 5·16 주체 세력의 핵심 그룹에 끼어 현재 막강한 권세를 휘두르고 있다는 소식에 정사용은 놀라는 표정을 지었다. 워낙 포악한 성질이라 서른 살 전에 감방 가서 죽지 않으면 천만다행이라고 입질에 오르던 놈이 미국에서 박사학위를 받고 대학 교수가 되었다는 말에 정사용은 배를 잡고 웃어젖혔다.

조금 후 술상을 손수 들고 방으로 들어온 숙모를 셋이서 억지로 끌어 앉히고 못 나가게 했다. 어릴 때 싸움질을 해도 꾸짖지 않고 용돈을 슬그머니 쥐여주던 숙모가 그들에게는 천사로 보였었다. 그때처럼 숙모가 자신들의 무용담을 들어주기를 원했다. 그때처럼 숙모에게 자랑하고 싶었다.

정사훈과 정사성이 주도권 쟁탈전으로 정사용과 인근의 학생 깡패 두목이 달성공원에서 맞상대했던 일을 끌어냈다. 정사용은 '글마가 지깐에는 가라데 폼을 잡고 지랄했지만 내한테 한 번 잡히기만 하믄 맥 몬 추게 돼 있는 기라'며 왕년의 유도 실력을 뽐냈다. 맞상대 사건으로 유명해진 정사용이 당시 '하이칼라' 여성 축에 드는 버스차장을 꼬시려고 하루 내내 버스를 타고 시내를 돌아다닌 일이 알려지자 숙모는 정사용의 등을 치며 놀려댔다.

시내 영화관에서 상영하는 영화의 광고 포스터를 붙인 가게에서 싼값으로 산 교환권을 입장권과 바꾸어 영화관 앞에 대기하고 있다가 입장객들에게 비싸게 팔아 패거리의 활동 자금을 마련한 정사용의 재주가 화제에 올랐다. 그랬던 그를 두고 정사훈과 정사성은 월북하지 않았으면 지금쯤 재벌이 되고도 남았을 거라고 부추겼다. 그들은 서로가 주고받은 술에 꽤나 취해 시간 가는 줄 모를 정도로 정담에 흠뻑 빠져들었다.

시계가 열 번의 종을 쳤다. 정희성은 응접실에 앉아 2시간만 잡아두면 통금 시간임을 초조하게 헤아렸다. 무슨 이야기를 하나 방문 밖에서 살짝 듣고 오라고 장조카를 내보냈다. 조금 후에 돌아온 장조카는 분위기가 좋은 걸로 봐 쉽게 설득할 수 있을 것 같다고 말했다. 그러나 정희성은 그렇게 간단하게 끝날 일이 아님을 짐작하고

있었다. 공장에서 물건이나 생산하는 장조카와는 달리
세상의 온갖 풍상과 정치의 깊은 골을 아는 자신의 직감
을 다짐이나 하듯이 정희성은 고개를 가로저었다. 정희
성은 실수 없이 정사용을 자수시킬 방법을 찾느라 생각
에 잠겼다. 정사용을 살리려면 분명히 자수 형태를 취해
야겠으나, 북에 가족이 있는 정사용이 쉽게 응할 것 같
지 않았다. 정희성은 '끙' 하고 신음 소리를 삼키며 '핏줄
은 못 끊는 법이여'라고 중얼거렸다.

방 안에서는 누가 먼저 꺼냈는지 모르게 서로의 가족
이야기로 넘어갔다. 정사용은 자신의 열 살 된 딸이 아
내를 닮아 아주 예쁘다고 말했다. 숙모가 정사용의 처에
대해 끊임없이 물어왔다.
'저런 투박한 경상도 사내한테 우예 시집올 사람이 있
었겠노' 하면서 숙모가 흐뭇해했다. '집에서 살림만 하
제?'라는 질문에 '배우로 무대에 나갑니더'라고 정사용이
답했을 때 숙모는 측은한 표정을 지었다. 숙모의 표정
을 읽은 두 조카는 '북한에서는 배우가 대접받는다'고 아
는 체했다. 처음에 느꼈던 유쾌함이 가족 이야기가 계속
되자 차츰 어색함으로 바뀌어갔다. 얼마 후에는 그들 모
두의 표정이 다소 어두운 빛을 띠었다. 무거운 분위기가

자리를 잡기 시작했다.

그러한 분위기를 바꾸기라도 하듯 숙모가 말했다.

"아들도 하나 낳아야 안 되겠나?"

숙모가 그의 어머니 마음을 대변할 의무를 느껴 한 말이라고 생각한 정사용은 숙모를 안심시켜드리고 싶었다.

"나야지예. 돌아가면 아들 하나 놓라 캅니더."

정사용은 대꾸했다. 다음 순간 무심코 자신도 모르게 '돌아가면'이라는 가정법을 썼다는 데에 소름이 돋았다. '이런! 돌아가면이라니. 분명히 돌아가야지. 무슨 일이 있어도 가족에게 돌아가야지. 그들은 나 없이 못 살고 나도 그들 없이는 못 산다'라고 스스로에게 말하며 잠시나마 가족을 잊어버렸던 자신을 탓했다.

정사용은 술이 죄다 깨버린 듯 정신이 맑아졌다. 두 사촌형제도 정사용의 이런 속마음이 느껴졌는지 자리를 고쳐 앉았다. 어색하고 무거운 자리가 견디기 어려운지 숙모가 일어나 방을 나갔다. 앞으로 무슨 말이 오고 갈지 눈치로 알아차리고 그들의 대화에 참여할 용기가 사라졌기 때문이었다.

"사용이, 니 우얄라 카노?"

정사훈이 심각한 표정을 지으며 입을 열었다.

"뭐 말이고?"

그는 정사훈이 무슨 말을 하려는지 알면서도 짐짓 모르는 체했다.

"이북에 갈 끼가, 이곳에 있을 끼가?"

사촌의 말이 정사용에게는 매우 잔인하게 들렸다.

"그게 말이나 되나? 가족이 이북에 있는데 우예 내가 여기 있을 끼고?"

"니가 이북에 가면 우리 전 집안이 우예 되는지 니 알고 있나?"

"우예 되는데?"

"……신고 안 했다고 국가보안법에 걸리게 돼 있잖나?"

정사훈은 차마 '간첩'이라는 말을 쓸 수 없어 앞머리를 잘라버렸다. 그러나 이미 정사용의 표정은 단단히 굳어 있었다. 분위기가 더욱 딱딱해지자 한 살 아래인 정사성이 잔에 술을 가득 채워 단숨에 마시자고 제의했다. 두 사촌은 설득할 용기를 얻기 위해 술이 더 필요했고, 정사용은 가슴을 쥐어뜯는 고통 때문에 술이 당겼다. 그들 모두는 입을 다문 채 독한 술만 물처럼 들이켰다. 누구라 할 것 없이 세 사람 모두 완전히 취해 눈꺼풀이 풀어졌고 혀가 꼬부라졌다.

"보안법이라는 게 뭐꼬?"

침묵이 불편한 듯 정사용이 지나가는 말처럼 물었다.

"그런 법이 있데이. 이북에서 온 간첩을 신고하지 않으면 10년 이상 징역을 살게 돼 있다."

다시 침묵이 흘렀다.

"신고한지 안 한지 지들이 우예 아노?"

정사용이 다시 입을 열자 두 사촌은 아무 말 않고 시선을 아래로 떨어뜨리고 있었다.

"……."

"내가 안 잡히면 될 거 아이가?"

정사용이 그들의 침묵에 자신이 생긴 듯 다시 말했다.

"잡힐지 안 잡힐지 니가 우찌 아나?"

그제서야 정사훈이 고개를 들어 취기가 충만한 눈으로 정사용을 똑바로 보며 말했다.

"너그들이 신고 안 하면 안 잡힐 거 아이가?"

"가다가 잡힐지도 모르잖나?"

"안 잡힌다 카이 와 이리 몬 믿노?"

정사용이 술잔을 들어 입에 털어부었다. 두 사촌도 똑같은 동작으로 털어붓고 술잔을 소리나게 놓았다.

"니가 안 잡히고 간다 카더라도 북에서 공갈치지 않겠나. 그래 안 하겠나? ……말해봐라."

"……."

정사용이 아무 대답을 않자 이제는 거꾸로 사촌들이 자신이 생긴 표정으로 다시 말했다.

"다른 간첩이 와서 숙부나 큰형한테 협조 안 하면 당국에 찌른다고 공갈치지 않겠나?"

"……."

정사용은 대답 대신 혼자 생각에 잠겼다.

그는 어리버리하던 사훈이가 이제는 머리가 제법 잘 돌아간다고 느꼈다. 심각한 이야기가 아니라 예전의 장난처럼 들려 피식 웃음마저 나왔다. 그러나 그런 생각도 잠시뿐, 다음 순간 분노가 치밀어왔다. 몇 잔의 술을 먹여 자신의 생명과 다를 바 없는 가족을 버리라고 설득하는 게 이 어리숙한 놈들의 음모라는 데 생각이 이르자 취기에 분노가 얹혀졌다. 정사용은 속으로 말했다.

'비록 강제된 상봉이지만 나는 니들의 피붙이임을 알아라. 괘씸하게 굴면 혼내줄 거다. 니들이 그럴수록 나는 니들에게 연 문을 닫고 기어이 내 가족에게로 가고야 말리라.'

정사용은 자세를 똑바로 하며 헛기침으로 목소리를 가다듬었다.

"니들은 위대한 김일성 수령님의 지령을 받은 내를 몰라보는구나."

그의 표정도 자못 진지하게 바뀌었다.

한순간 급변한 정사용의 말투와 표정으로 보아 정사훈은 올 것이 왔다고 판단했다. 정 그렇다면 그들도 단단한 의지를 정사용에게 보일 단계가 왔다고 결론을 내렸다.

두 사촌이 한마디씩 내뱉었다.

"지 혼자 살자고 집안 망쳐먹을 놈이구나."

"니 지금 뭐라 캤노? 위대한 수령은 있고 이곳에 있는 친척은 눈꼽만큼도 안중에 없다 이기가?"

좀 야박하다고 정사용이 서운해할지 몰라도 야멸스러워야만 가족 모두가 살아남는다고 두 사촌은 다짐했다.

"위대한 수령님을 위해서 누구든 자기희생을 할 수 있어야 한데이."

그렇게 말하며 정사용은 생각했다. '수령이 아니다. 너희들은 내 아내가 얼마나 사랑스러운 여자인지 모른다'고.

"니는 그라믄 숙부가 감옥에서 죽어도 좋다는 얘기가?"

"통일과업을 철저히 수행하기 위해서는 개인의 희생은 감수해야지 않나?"

그러면서도 정사용은 속으로 말했다. '너희들은 내 딸이 얼마나 예쁜지 정말 모른다'고.

"뭐라고? 니도 인간이가?"

"인간이니까 숭고한 목적이 있는 거 아이가. 인간이니까 자기희생도 각오하는 거 아이가. 짐승이면 그라겠나? 니들은 목적 없이 사나?"

그러나 정사용은 마음속으로는 이렇게 말했다. '내 아내가 얼마나 매력적인 몸매를 가졌는지 너희들은 모른다'고.

"니가 우예 이리 됐노? 우리 집안 전부 감옥에 다 들어가도 니 생각만 고집할 끼가?"

"내는 이미 내 개인이 아이다. 당 중앙에 바친 몸이다."

그러면서 정사용은 속으로 속삭였다. '그러나 너희들은 내 아내가 얼마나 착한지 모른다'고.

"돌아가신 둘째 큰아부지가 들었으믄 무덤에서 나와 니 목을 콱 비틀었을 끼다."

"조국의 통일과 이 땅에서 미제 세력을 축출하는 과업에 아부지도 박수를 치실 끼다."

그러나 정사용은 속으로 애원했다. '나의 아버지에게 내가 이미 용서를 구했다. 그리고 나도 한 생명의 아버지이며 지아비인 몸이다'라고.

"이제 보니 니는 사람도 아니네. 악독한 빨갱이 놈들

한테 완전히 세뇌를 당했구나."

"좋은 방향으로 세뇌당했다. 너그들도 세뇌를 받았으면 좋겠꾸마."

정사용은 속으로 울부짖었다. '지랄 마라, 이놈들아, 하늘이 무너져도 아내와 딸은 버릴 수 없다'고.

"니가 꼭 우리 집안을 망쳐야 속이 시원하겠나?"

"집안은 안 망한다 안 캤나?"

그러면서 정사용은 속으로 다짐했다. '걱정 마라. 미친 놈들아. 절대로 안 잡힌다. 착한 아내와 예쁜 딸의 아버지는 잡힐 수가 없다. 잡히면 니들만 죽는 게 아니라 나도 죽은 거다. 내가 죽으면 딸도 아내도 죽는데 어떻게 잡힐 수가 있겠냐?'고.

이런 식의 대화가 얼마간 더 계속된 후 그들 모두가 지쳐버렸다. 어차피 아귀가 틀어져버린 쳇바퀴는 돌리나 마나였다. 정사훈이 일어나 화장실에 간다는 핑계를 대고 응접실로 갔다. 초조한 마음으로 기다리던 숙부와 큰형에게 술에 마비된 혀로 정사용과 나눴던 대화를 주섬주섬 섬겼다.

"도저히 안 되겠심더. 완전히 빨갱이 중에서도 상빨갱이입니더."

숙부와 큰형에게 정사훈이 결론을 내렸다.

176

"그럼 자수는 않겠다는 기가? ······일가들이 처한 위험을 애기했나?"

정사철이 성급한 마음으로 다그쳤다.

"수십 번 얘기했심더. 씨도 안 먹힙니더. 지는 이미 수령님과······ 뭐라 카드나······ 당 중앙에 바친 몸이라면서······."

"이노무 자슥, 대가리를 박살내든지······."

급한 성미의 정사철이 문을 박차고 나가려는 듯 벌떡 일어섰다.

"닌 좀 앉아 있거라."

정희성이 노한 음성으로 장조카를 꾸짖었다.

"그래, 도저히 자수하도록 설득될 가망이 없나?"

속이 타는지 정희성의 입술이 바짝 말라 있었다.

"완전히 빨갱이라 안 캅니꺼?"

미련을 못 버리는 숙부에게 정사훈이 술기운에 힘을 얻어 자신 있게 말했다.

"이 미친놈아, 빨갱이가 서울에 오자마자 지 아부지 묘소에 먼저 가겠노? 그게 우예 빨갱이고?"

정희성은 집이 떠나갈 정도로 정사훈에게 소리를 질렀다.

피의 사슬

1.

1971년 1월 중순경, 정사용은 3개월간의 심문을 끝내고 완전히 자유의 몸이 되었다. 남한 집안의 몰락을 걱정한 숙부 정희성이 중앙정보부 중간 책임자를 집으로 불러들여 정사용을 강제로 자수시켰던 것이다. 정사용은 심문 기간 동안 심문관의 특별 배려로 사촌들과 자주 면회를 했기 때문에 외롭지도 않았고 또한 가혹 행위를 받지도 않았다. 심문 과정에서도 별 내용이 나올 수 없었다. 그가 줄 수 있는 정보 내용은 고작 평야의 아지트에서 받았던 밀봉교육 내용이나 남파된 경위 등 별로 첩보

가치도 없는 사항이었다. 하물며 이미 훤히 꿰뚫고 있는 평양대극장의 내부 구조까지도 꽤나 지루하게 심문했으며 심문 기간을 채우기 위해 평양 시가도도 몇 번이나 그렸을 정도였다.

그의 유일한 임무는 거물 정치가인 숙부와 경제계에서 활약하는 사촌 큰형과의 일차적인 접선이었으므로 실제로 가치가 될 만한 정보를 가지고 있지도 않았다.

정사용은 심문 기간 동안 아내와 딸 생각으로 밤잠을 못 이룰 때가 많았다. 그럴 때면 체포되어 원래의 임무 수행을 완수하지는 못했더라도 당에서는 자신이 사살되었든지 임무 수행 중 부득이하게 체포된 경우로 판단했을 것으로 믿고 있었다. 그것이 사실이라면 자신의 가족을 변절자의 가족이라고 낙인찍어 학대하지 않으리라 자위했다. 지령이 담긴 대남 방송 시간이 지나기까지 남한 수사관에게 난수표를 주지 않아 자신을 접촉할 안내원이 체포되지 않았다는 사실이 그렇게 믿는 이유였다. 또한 숙부가 남한 당국에 힘을 써 정사용 자신의 자수 사실을 공개적으로 발표하지 않은 것도 북쪽의 가족들에게 도움이 될 것이라고 판단되었다.

그러나 마음을 놓을 수가 없었다. 정사용은 언제 어떠한 방법으로라도 가족과 재결합을 할 수 있으리라 굳게 믿었다. 때로는 남북통일이 될 날을 꿈꿨고, 때로는 어떠한 경로를 통해 재월북하는 방법도 생각해보았다. 비록 막연한 희망이었지만 그것만이 그를 살아 숨쉬게 했다.

2.

정사용은 숙부의 제의로, 북한 정보기관에 신분이 노출되지 않도록 이름을 아명인 정사준으로 바꾸고 당분간 경기도 벽제 선산과 인접해 있는 숙부 소유의 농장에서 기거하며 일하기로 작정했다. 지난 3개월 동안 늘 담배 연기 자욱한 심문실과 밀폐된 숙소에서 보낸 탓인지 자연의 공기를 맛보고 싶은 충동이 간절하던 차였다. 또한 선산이 근처에 있어 부모님 묘소도 자주 찾아뵙고 살아 계실 때 저지른 불효를 이제라도 용서받고 싶었다.

혹독한 겨울바람도 아랑곳없이 부모님 묘소 길을 열심히 닦았다. 경운기로 흙을 실어다 길을 다듬다 보면 등에서 흐르는 땀이 죄책감을 조금씩이나마 씻어 내려주는 것 같았고, 이마에 흐르는 땀을 허리에 찬 수건으로 닦을 때도 저만치 산 위 묘소에서 아버지가 내려다보며 대견해하시는 것 같았다. 봄이 되면 묘소 주위에 온갖 꽃나무를 심기로 계획을 짰다. 농장에서 일하는 사람들이

게으름을 피워도 상관치 않았다. 때로는 그들이 해야 할 일도 자신이 해치웠다. 어둠이 깃들이면 그들과 함께 막걸리를 마시며 그들의 넋두리를 기꺼이 들어주곤 했다. 누군가 자식의 등록금 걱정을 하는 것을 듣고 숙부와 사촌형이 준 용돈을 성큼 건네주기도 했으며, 돈이 없어 병원에 못 가고 방구석에서 앓고 있는 사람의 입원비도 대주었다.

이따금 사촌형제들이 그를 시내로 불러내어 여자들이 있는 술집으로 데려갔다. 그의 외로움을 덜어주려는 사촌들의 그런 행동의 밑바닥에서 간혹 자신들의 여유와 행복을 과시하려는 찌꺼기가 안주처럼 씹히기도 했으나, 그는 그런 내색은 비치지 않고 함께 웃어주고 마셔주다 그들과 헤어져 돌아왔다.

그런 날엔 농장으로 돌아오면 오히려 알 수 없는 괴로움에 밤새 시달렸다. 여러 가지 잡념이 그를 잡고 늘어졌다. 사촌들이 하루 저녁 술집에서 뿌린 돈을 농장에서 일하는 인부에게 준다면 적어도 그 가족이 몇 달 동안은 돈 걱정을 하지 않으리라는 생각이 들었다. 술집에서 뭇 남자들에게 넓적다리와 가슴을 만지도록 허락해야 하는 여자들이 몹시 불쌍했다. 사촌들이 여자들에게 거리낌 없이 지불하는 화대와 농장에서 인부들이 받는 수입을 비교했을 때 심한 갈등이 그의 내부에서 일어났다. 세 식구를 거느린 농장 인부의 두 달치 월급을 세 사람이 3시간 만에 눈 하나 깜짝하지 않고 써버린다는 게 너무도 놀라웠다.

그리고 뜻밖의 사실은 사촌들이 가수가 되기를 그토록 열망했었다는 것이다. 그들은 밴드를 불러 경쟁이라도 하듯 처량한 노래를 번갈아가며 구슬프게 불렀다. 완고한 집안이라 가수가 못 된 한을 그렇게나마 달래는 듯했다. 그렇지 않고는 그가 보기에 사촌들의 행동은 이해할 수 없는 미친 짓이었다.

사촌형제들이 주선하면 성큼 따라나서는 젊고 예쁜 여자들에게도 비애를 느꼈다. 술 취한 김에 여관에서 그녀들과 정사를 한 후 후회로 뒤범벅이 된 밤을 새우기도 했다. 새벽녘에 공손히 인사하며 여관을 빠져나가는, 화장으로 얼룩진 여자의 얼굴에서 그녀 부모의 어두운 얼굴도 겹쳐져 보였다.

정사용은 세상에는 사는 방법이 여러 가지 있다는 사실을 새롭게 체험했다. 왠지 낯설었다. 그는 물 위의 한 방울 기름처럼 겉돌며 그 낯선 세상을 들여다보았다. 숙부나 사촌형 집에 불려갈 때마다 그 흥청거리는 생활을 보면 편한 마음으로 부를 만끽하는 그들이 이상스러웠다. 불쌍한 처지의 주위 사람들에게 아예 눈을 감아버리는 그 능력은 경이로울 정도였다.

또 대통령 선거랍시고 농장에서 일하는 사람들마저 들떠 있는 것이 이해되지 않았다. 매일 아침 배달되는 신문을 한 자도 빠짐없이 읽는 그들이 우습게 보였다. 후보자를 두고 갑론을박하며 마치 자신들이 대통령을 뽑는 것같이 행세하는 인부들은 엉터리 민주주의에 완전히 세뇌되어 있었다. 진짜로 봐야 할 면은 보지 못하고 들어야 할 것도 듣지 못하고 있었다. 신문지상에 거리낌 없이 보도되는 슬픈 기사가 유혈 혁명을 일으키라는 부르짖음인데도 불구하고 그것을 알아듣지 못하고 대통령 후보 이야기만 하는 그들이 한심했다. 선거라는 요사한 괴물이 그들 자신이 처해 있는 상태를 망각하게 하는 듯했다.

정사용에게는 깊은 밤에 북한 방송을 청취하는 일이 큰 기쁨이었다. 악에 받친 목소리의 보도원이 지껄이는 말은 그의 비웃음만을 자아내게 했으나, 평양에서 날아온 방송을 듣노라면 아내와 딸이 가까운 곳에 있다는 실감을 안겨주었다.

그는 지도를 사서 가족이 그리울 때마다 들여다보곤 했다. 휴전선이 여기서 얼마나 가까운지, 평양이 휴전선에서 멀지 않다는 사실을 지도가 가르쳐주고 있었다. 아내와 딸에게 그것을 일러주지 못하는 것이 몹시 안타까웠다.

정사용이 벽제에 머문 지도 어느덧 한 해가 지났다. 그러던 어느 날, 여느 밤과 마찬가지로 그는 방바닥에 엎드려 하루 내 들에서 일해 곤한 몸으로 지도를 펼쳐보며 평양에서 보내는 대남 방송을 듣고 있었다. 그때 갑자기 방문이 덜컥 열렸다. 관리인이 방 안을 들여다보며 버티고 서 있었다. 이미 한차례 전작이 있었는지 불그스레한 얼굴이었는데, 손에는 맥주병과 오징어가 들려 있었다. 관리인은 라디오에서 흘러나오는 〈혁명가〉를 들었다. 그리고 정사용이 보고 있던 지도를 쏘아보았다. 그는 무슨 일로 왔는지조차 잊은 듯 멍청히 서 있기만 했다.

정사용은 라디오를 끄고 지도를 접으며 '가끔 이북방송을 들으면 재미가 있다'며 들어오라고 했다. 그는 엉거주춤 들어와 가져온 맥주병과 오징어를 내려놓았으나 술이 다 깬 듯 심각하게 말없이 앉아만 있었다. 정사용이 자식의 등록금을 대주어 고맙다는 말을 하러 온 듯했으나 말이 입에서 떨어지지 않는 모양이었다.

관리인은 다음날 아침 일찍 농장 주인인 정희성의 사무실로 찾아가 지난밤에 목격한 일을 소상히 이야기했다. 지도를 펼쳐놓고 벽제에서 평양까지 줄을 그으며 대남 방송을 몰래 듣고 있었다는 말을 들은 정희성은 지지난해 느닷없이 정사용이 찾아들던 그날보다 더 암담한 기분이 들었다. 당장 의논할 사람이 필요해 정사철과 그날 밤에 왔던 두 조카들을 저녁에 집으로 오라고 했다. 우울한 기분을 떨쳐버릴 수가 없었다. 정사용이 월북하거나, 월북하다가 체포되는 날이면 그의 정치 생명은 물론 온 집안에 재앙이 닥쳐올 게 틀림없다. 무슨 일이 있어도 그런 일이 일어나지 않도록 막아야 했다.

그날은 하루 종일 나쁜 소식만 연이었다. 정보 계통의 여론조사 결과가 대도시에서는 여당의 참패로 나타난 보고를 받았다. 당총재인 대통령에게 이틀 전, 대도시에서도 한판 해볼 만할 거라고 했던 자신의 판단이 완전히 빗나갈 판이었다.

다음날 저녁, 지지난해 정사용에게 자수를 설득할 때 모였던 조카들이 정희성 집에 모였다. 상공회의소 부회장으로 있는 장조카 정사철과, 정사용의 두 사촌형제인 정사훈과 정사성이었다.

숙부가 응접실로 나오자 조카들이 자리에서 일어나 그를 맞았다. 무슨 일로 호출을 당했는지 몹시 궁금한 표정들이었다. 조카들은 숙부의 정치 생명에 혹시 해를 끼치는 일이라도 터질까 봐 노심초사했다. 정사철 입장에서는 숙부가 정치에서 물러나면 사업에 막대한 지장이 생길 뿐 아니라 다른 두 조카도 직장에서 승진을 기대하기가 어렵게 된다는 것쯤은 그들 모두가 잘 알고 있었다. 숙부는 앉자마자 조카들을 향해 입을 열었다.

"사준이와 요새 자주 만났나?"

비로소 정사용과 관련된 문제라는 사실에 그들끼리 안도의 눈길을 교환했다.

"한 달에 두 번 정도 만났십니더."

정사성이 대답했다.

"그래, 사준이한테서 이상한 눈치 몬 챘나?"

"아무 이상 없었는데예."

"사준이가 무슨 일을 냈십니꺼?"

옆에 앉아 있던 정사철이 다급한 목소리로 물었다.

"아직은……."

조카들도 어리둥절한 표정으로 바뀌었다. 숙부의 표정으로 보아 예사로운 문제가 아님은 눈치챘다. 그런데 숙부는 답답하게 더 이상 말을 하지 않았다. 그들은 숙부

186

가 다시 입을 열기만을 기다렸다. 그들이 걱정한 숙부의 정치 생명에 관한 일은 아니었으나, 정사용 문제도 집안을 일시에 무너뜨릴 수도 있는 불똥이었다. 정희성이 드디어 말문을 열었다.

"너그들 사준이하고 자주 술집에도 가고 했나?"

숙부의 말로는 정사용에게 도대체 무슨 일이 생겼는지 종잡을 수가 없었다.

"예, 한 달에 한두 번씩 만날 때마다 술집에 들렀심더."

"술 묵고 가족 얘기를 하거나 이상한 행동은 안 하드나?"

"그런 일 없었는데예."

"그래……?"

정희성은 한참을 생각하는 듯하다 다시 물었다.

"오입도 시켜줬나?"

예상외의 질문에 두 조카는 어떻게 답해야 할지 몰라 머뭇거렸다.

"술집 기집아들하고 오입도 시켜줬나 말이다."

정희성이 입을 다물고 있는 두 조카가 답답한 듯 신경질적으로 물었다.

"예, 그렇게 했심더."

두 조카가 거의 동시에 어물어물 말했다. 정희성은 등받이에 몸을 기대었다.

숙부의 태도로 보아 오입을 안 시켜줬다고 했으면 혼이 났을지도 모른다는 생각에 그들은 그러길 천만다행이라고 생각했다.

"그래…… 잘했다."

정희성의 화난 표정이 조금 누그러졌다. 미련한 놈들이 정사용을 오입도 한번 시켜줄 생각을 못해 그가 가족 생각을 더하게 됐으리라는 그의 짐작은 틀린 것이었다. 그는 간단히 해결될 일이 아님을 예상했지만 그 예상이 들어맞자 짜증스러웠다.

잠시 후 정희성은 아침에 농장 관리인한테서 들었던 이야기를 자세히 들려주었다. 조카들의 표정이 매우 심각해졌다. 정사용의 행동이 집안에 미칠 영향을 말해주자 그들의 표정은 더욱 굳어졌다.

얼마간 침묵이 흘렀다. 정희성은 답답한지 혼잣말처럼 중얼거렸다.

"어허, 참. 이놈을 옆에 두고 항상 감시할 수도 없고……."

"지 회사에 갖다놓으면 어떻겠십니꺼?"

정사철이 말했다.

"마찬가지다."

정희성은 장조카의 제안을 한마디로 묵살했다.

"형사가 항상 붙어 있게 하면 어떻겠십니꺼?"

정사훈이 좋은 아이디어인 양 자신 있게 말했다.

"저런, 저런 한심한 놈……."

숙부의 말에 정사훈의 얼굴이 금방 홍당무가 되었다.

한참 동안 무거운 침묵만이 흘렀다.

"사준이가 이북에 딸만 하나 있다 캤제? ……몇 살이고?"

정희성이 나직이 물었다.

"열두 살쯤 됐을 낍니더."

"핏줄은 못 끊는 벱이여."

정희성이 혼잣말처럼 중얼거렸다. 그가 소파에 깊숙이 기대어 천장을 응시하고 있는 동안 아무도 입을 열지 않았다. '핏줄은 못 끊는다'는 말이 세 사람의 가슴에 찡하게 와 닿았다. 조카에게 스스로의 생명을 위해서 자수하라고 설득했지만 실제로는 집안 대소가를 살리려는 데 더 큰 이유가 있었음을 그도 알고 있을 것이다. 한 번도 본 적이 없는 조카의 가족, 즉 평양에서 의지할 곳 없이 불안에 떨고 있을 모녀의 모습이 눈앞에 어른거렸다. 정희성의 가슴에 통증이 찾아왔다.

조카들은 등받이에 머리를 기댄 채 지그시 눈을 감고
있는 숙부에게서 무슨 방법이 나오리라 기대했다. 숙부
는 과거에도 항상 해결사였으므로 반드시 무슨 좋은 방
법이 나오리라 기대하며 그의 입만 응시하고 있었다.
　　마침내 기발한 생각을 떠올렸는지 정희성이 눈을 뜨고
몸을 앞으로 숙이며 말했다.
　　"사준이한테 시집올 좋은 색싯감 없나?"
　　모두들 처음에는 어리둥절한 표정이었다. 다음 순간
역시 숙부다운 발상이라고 회심의 미소를 지었다.
　　"과부라야 안 되겠십니꺼?"
　　정사철이 거들었다.
　　"과부보다는 나이 먹은 처녀가 좋을 끼다."
　　정희성은 정사용의 착한 바탕을 잘 알고 있었다. 정사
용이 처녀로 시집온 여자를 쉽사리 팽개치려고 하지는
않으리라는 판단에서 나온 말이었다.
　　"대학이라도 나와야 안 되겠십니꺼?"
　　"전쟁 때문이지만 저도 대학을 안 나왔는데…… 대학
나온 처녀가 사준이한테 시집올라 카겠나?"
　　"그라믄 어느 정도문 되겠십니꺼?"
　　"자식새끼…… 가능하면 아들만 잘 놀 여자만 돼……
술집 출신 여자만 아니라면."

190

"시집올 여자가 있다 캐도 형이 장가 안 간다 카면 우짭니꺼?"

정사용의 성격을 알고 있는 정사성이 끼어들었다.

"그것도 큰 걱정이제."

정희성은 한숨을 쉬었다. 잠시 침묵이 흘렀다. 그가 다시 말문을 열었다.

"장가가도록 설득하는 것은 나중 문제고, 당장 색시가 있어야 사준이 그누마하고 구체적으로 얘기라도 꺼낼 수 있제…… 색시가 없으면 거절할 테니 얘기 안 꺼내니만 못할 끼다."

"우리집 가정부가 자기 친척이라면서 좋은 혼처 자리하나 알아봐달라고 얘기한 적이 있는데……."

정사훈이 어물거리며 말했다.

"지금 전화 걸어봐라. 어떤 여잔지 아는 대로 얘기하라고 하고."

정사훈은 그 자리에서 전화를 걸었다. 신붓감은 서른세 살로 호적상 결혼한 적이 없으며, 아버지가 없는 집안 식구들을 돌보느라 혼기를 놓치고 옷장사를 한다는 정도를 알 수 있었다. 정희성이 어떤 집안인가 물어보라고 하자, 강원도 춘천 출신이고 그녀 아버지도 장사를 한 집안이라고 했다. 전화통화를 끝내고 잠시 침묵이 흘렸다.

"아이를 빨리 낳을 수 있는 여자라야 할 텐데……."

정희성이 걱정했다. 정사훈이 그의 걱정을 조금이라도 덜어주려고 얼른 말을 받았다.

"지가 아는 산부인과 의사에게 보이면 임신을 할 수 있는지 확인할 수 있심더."

정사철은 그따위 소리를 주책없이 지껄이는 정사훈이 숙부에게 혼이 날 줄 알았다. 그런데 의외로 숙부는 선선히 받아들였다.

"그래, 그게 좋겠다. 산부인과 의사한테 보여봐라. 혼사가 이뤄지기 전에 말이다."

그들은 헤어지기 전 정사용이 결혼하도록 설득할 묘책을 찾느라 시간을 보냈다. 결국 정사철이 정사용을 설득하기로 결론을 내렸다.

다음날 저녁 그들은 정희성의 집 응접실에 다시 모였다. 그 자리에 물론 정사용을 불렀다. 이런저런 농장일과 금년에 대학 갈 친척 아이들의 성적이나 전공하려는 학과 등을 화제로 삼던 중 정희성이 정사철에게 눈짓을 보냈다. 정사철은 정사용의 손을 붙잡고 조용히 말했다.

"사준아, 내 말 잘 들어보래이. 이건 니만을 위한 게 아이고 집안 모두를 위한 일이다. 니도 알다시피 니가 자수한 걸로 돼 사형당하지 않고 풀려났으나 완전히 자의에 의해서 자수한 것은 아니제. 그래서 내가 오늘 정보부에 불려가 담당자를 만나고 왔는데, 갸들이 그걸 알아채고 다시 문제 삼으려고 하는 기라."

정사철은 말하는 사이사이 숙부의 동의를 구하는 듯 그에게 시선을 주었다.

정사용은 잡힌 손을 빼내며 이상한 소리를 하는 큰형이나 숙부, 그리고 사촌형제들을 번갈아 살폈다. 그들의 심각한 표정으로 보아 그냥 넘길 일이 아님을 알았다.

"정보부에서는 니가 완전히 전향했다고 믿지 않는 기라."

"……."

뜸을 들이는 정사철이 도리어 답답하게 보였다. 정사용은 큰형의 얼굴만 바라보았다.

"다시 월북할지도 모른다고 의심하고 있는 기라."

"그라믄 도대체 지가 우찌하믄 됩니꺼?"

정사용이 큰소리로 물었다.

말을 꺼내기가 매우 어려울 줄 알았는데 오히려 정사용이 먼저 말을 터주었다. 숨을 한 번 크게 들이쉰 후 정사철이 말했다.

"결혼을 해서 가정을 가지기만 한다면 전향 의사가 분명한 걸로 간주할 수 있다는 기야."

"뭐라고예?"

말귀를 못 알아듣겠다는 듯 그의 눈이 휘둥그레졌다.

"결혼해야 된단 말이다."

"마누라와 자식이 두 눈 다 뜨고 시퍼렇게 살아 있는데 우찌 다시 결혼할 수 있십니꺼?"

"법적으로는 문제가 아이다……."

"법이 문제가 아이라, 마누라하고 이혼한 것도 아이고 싫어서 몬 살겠다 카는 것도 아인데, 우예 두고 온 가족을 팽개치고 결혼을 한단 말입니꺼? ……누가 알면 사람 새끼라 카겠십니꺼?"

"니가 결혼을 안 한다 캐서 정보부에서 계속 의심해 집안을 다 망쳐버리면, 그기야 참말로 사람 새끼가 할 일이 아이지."

정사철이 한마디 하자 정사용은 갑자기 핏발 선 눈으로 그를 노려보았다. 숨소리까지도 거칠어졌다. 금방 대들 기세였다. 사태가 악화될지도 모른다고 판단한 정희성이 들릴까 말까 하게 낮은 목소리로 끼어들었다.

"북에 있는 에미가 마음이 고운 애제?"

사촌형을 노려보던 정사용은 그렇게 말한 숙부에게 시

선을 옮겼다.

"마음 곱기로는 이 세상에서 둘째가라면 서럽다 할 낍니더."

정사용의 말투에 뚜렷한 반항의 빛이 깔려 있었다.

"이해심도 많은 여자제?"

"누구보다도 이해심이 많십니더."

"그라고 가족이 세상에서 제일 귀중한 것도 아는 여자제?"

"그렇십니더."

정사용은 숙부를 노려보았다.

"그래? ……그라믄 에미가 널 이해할 끼다. 집안이 망하는 꼴 볼 수 없어 그렇게 된 일이라고."

무슨 말을 하려다 못하고 입만 벌리고 있는 정사용에게 정희성이 다시 말했다.

"내도 몇 년 못 살 테니 죽기 전 에미한테 유서를 써서 너의 진정한 뜻을 전해주꾸마."

정사용은 잠시 무엇인가를 생각하더니 고개를 떨구었다. 무거운 적막 속에 정사용의 거친 숨소리만이 들려왔다. 그의 거친 숨소리가 뚝 멎었다. 어깨가 가늘게 떨렸다. 나직이 흐느끼는 소리가 침묵을 비집고 나왔다. 숙부는 조용히 그에게로 다가가 그의 어깨를 잡았다. 이마를 맞대며 울먹이는 듯한 목소리로 숙부가 말했다.

"고맙다, 사준아. 니가 우리 집안을 살렸다."

모두 눈시울을 붉혔다. 고개를 떨군 채 여전히 흐느끼는 정사용을 바라보는 사촌들의 표정 속에는 숙부의 홀륭한 설득에 찬사를 보내는 미소가 묻어 있었다.

3.

몹시 추운 어느 토요일 오후에 정사용은 결혼식을 올렸다. 정희성의 부탁으로 동료 국회의원이 주례를 맡아주었고 결혼식장은 많은 하객들로 붐볐다. 대부분이 정희성 측 하객이었다. 접수된 축의금은 서울 시내에 15평 정도의 아파트를 너끈히 살 만한 큰돈이었다.

정사용이 숙부의 재혼 제의를 받아들인 날로부터 꼭 한 달이 되는 날이었다. 형식뿐인 양쪽 집안 부인네들이 참석한 맞선은 간단하게 끝났다. 맞선을 본 지 일주일 후에 신붓감이 임신하는 데 아무 지장이 없다는 산부인과의 진단 결과가 정희성에게 전해졌다. 산부인과에 가는 목적을 어렵게 밝혔을 때 상대방이 조금도 어색해하지 않았다는 말도 함께 전해들은 정희성은 기분이 다소 언짢았다. 너무 서둘러 형편없는 조카며느리를 본 게 아

196

닌가 하는 생각이 숙부의 머리를 스쳤다.

제주도로 신혼여행을 떠나기 전 정사용은 숙부에게 인사를 하러 갔다. 정희성은 접수된 축의금 외에 거액의 돈을 그에게 전해주었다. 예식장 접수대가 아닌 숙부나 숙모를 통해 전해진 돈이었다. 일절의 결혼 비용은 장조카가 사촌들과 함께 부담했기 때문에 순식간에 알짜배기 거액이 생긴 셈이었다.

정사용과 신부는 신방으로 마련된 방에서 둘만의 시간을 보낼 수 있었다. 한 달 만에 이루어진 혼사라 신부가 어떤 여자인지 알 시간도 없었다. 완전히 전향했다는 증거로 채택된 결혼이기에 정사용은 그녀에게 큰 죄를 짓고 있다는 느낌을 떨쳐버릴 수가 없었다. 그는 그녀가 행복해하기만을 바랐다.

그런 의도에서 정사용은 축의금 전부와 숙부에게 받은 돈을 그녀에게 선뜻 건네주었다. 조그만 비닐 가방에 수표와 만 원권 현금이 가득 들어 있는 것을 본 신부의 눈이 휘둥그레졌다. 그녀는 신랑이 옆에 있다는 사실도 아랑곳 않고 돈을 방바닥에 쏟아 수표와 현금을 가리기 시작했다. 금액을 대강 헤아려본 그녀의 얼굴에는 기쁨이 넘쳤다. 그것을 지켜보는 정사용의 기분도 나쁘지는 않았다.

제주도에 도착한 다음날, 정사용 부부는 제주시를 출발해 만장굴을 시작으로 관광에 나섰다. 관광지 안내원의 사투리 설명이 매우 인상적이었다. 택시는 해안도로를 따라 달리다가 일출봉에서 정차했다. 쪼그리고 앉아 멍게를 파는 아낙네들의 우울해 보이는 얼굴이 뛰어난 경관과는 어울리지 않았다. 천지연폭포 관광을 마치고 서귀포 근처의 감귤 농장에 들렀다. 그 지대는 겨울과의 싸움에서 이긴 것을 뽐내듯 온통 신선한 감귤의 노란 물결 일색이었다. 북쪽의 아내와 딸에게도 꼭 보여주고 싶은 경치였다. 그 경치를 보고 감탄할 아내와 딸의 모습이 선명하게 떠올랐다.

　신부가 뭐라고 말하는 것 같아 정사용은 고개를 돌렸다. 기쁨에 들뜬 얼굴이 거기에 있었다. 잠시나마 북에 있는 아내와 딸 생각으로 정신을 판 게 미안했다. 그 순간 그는 딸과 아내 생각은 적어도 신혼여행 동안은 접어두기로 단단히 마음을 먹었다.

　신부는 사진 찍기를 몹시 좋아했다. 언제 어디서나 기회만 있으면 사진을 찍어달라고 했고 정사용은 쾌히 응했다. 카메라 렌즈의 건너편으로 보이는 여인은 참으로 낯설었다. 아무리 고운 마음씨를 가졌고 아무리 훌륭한 아내가 될지라도, 그리고 아무리 자신이 노력하더라도 결코 사랑할 수는 없을 것만 같았다. 북에 있는 아내와는 너무나 다른 사람이었다.

북쪽에 있는 아내를 만날 수 있었던 것은 행운이었다. 그런 행운은 단 한 번만으로 충분하다. 북쪽의 아내를 영영 다시 만날 수 없을지라도 10년이라는 길고도 짧은 기간 동안을 함께 있게 해준 운명의 신께 감사했다.

택시 기사는 거대한 감귤 농장의 울타리를 지나며 그 농장의 소유주가 대단한 정계 인물이라고 자랑스럽게 말했다. 가난한 고급 장교 출신이 군사혁명 후 정계에 발을 들여놓은 이후 한국에서 가장 큰 감귤 농장의 소유주가 됐다고 했을 때 처음에는 택시 기사의 빈정대는 이야기로 받아들였다. 그러나 택시 기사는 그 농장을 마치 자기 고장의 명물의 하나인 것처럼 소개했다. 정사용으로서는 이해할 수 없는 일이었다. 그 사람들의 심리를 이해하려 해도 그럴 수가 없다. 혹시 자신이 뭔가 잘못 생각하는지 되새겨보았다. 그러나 마찬가지였다. 머릿속은 더욱더 혼란스럽기만 했다.

정사용은 신혼여행에서 돌아와 가정을 꾸리면서 모든 일을 아내 마음대로 처리하도록 맡겼다. 그 방법이 그녀에게 보상할 수 있는 단 하나의 길인 듯싶었다.

그녀는 결혼 전에 세들어 살던 한남동에 한식 별채가

딸린 양옥집을 샀다. 방 하나와 조그만 마루, 간이 부엌
뿐인 별채에 신혼살림을 차렸고, 안채는 미군들과 동거
하는 여자들에게 세를 놓았다. 아내가 그네들과 허물없
이 지내는 게 몹시 거슬렸으나 굳이 말리지는 않았다.

　아내는 미군들과 동거하는 여자들한테 크게는 냉장고
로부터, 작게는 속옷까지 사서 양품점에 되팔았다. 자주
전화를 걸고 받는 중 돈 얘기가 섞인 걸로 보아 그들을
상대로 이자놀이도 하는 것 같았다. 아내가 무슨 일을
어떻게 하든 정사용은 그대로 두고만 보았다. 아내도 가
끔 용돈을 떼어주는 이외는 그가 무엇을 하든지 개의치
않았다.

　그는 결혼 전에 하던 숙부의 농장 일을 계속하며 아버
지 묘소 관리도 게을리하지 않았다.

　결혼한 지 1년 반쯤이 지났다. 정사용의 아내는 아들
을 낳았다. 누구보다도 숙부가 기뻐하며 이제는 두 다리
를 쭉 뻗고 잘 수 있다고 느긋해했다. 정사용은 자신의
생애 처음으로 갖게 된 아들이 신기했다. 주위에서 아
버지를 쏙 빼닮았다고 할 때마다 그도 정말 그렇게 보였
다. 막상 아들을 보니 야릇한 흥분이 일었다. 아들을 위
해 한 번쯤 무엇인가 노력해볼 힘이 솟았다.

정사용에게는 사십 넘어 얻은 첫 사내아이가 갈수록 눈에 띄게 달라지는 모습을 보는 게 낙이었다. 희미해진 기억이지만 딸의 울음소리보다 훨씬 우렁찼다. 저녁마다 목욕을 시킬 때도 사내아이라 힘쓰는 것이 여자아이와 다르다고 느꼈다. 아이 목욕시키는 걸 좋아하지 않는 아내 대신 조그만 플라스틱 목욕통에서 녀석과 한참 씨름을 하고 나서 수건으로 물기를 잘 닦아 골고루 파우더를 가볍게 두드려주면 기분이 좋다는 듯 웃는 아이의 훤한 인물이 보기 좋았다. 녀석의 항문과 고추 밑에 바셀린을 발라주면서 어떤 아이의 것보다 튼실하다고 느꼈다.

아들을 보는 즐거움과 함께 가끔씩 불안감이 생겨나기도 했다. 자기가 환갑이 될 때 겨우 대학생이 될 아들에게 미안한 마음마저 들었다. 다른 아이들처럼 안정된 경제 상태에서 대학 생활을 하게 하고, 다른 사람들처럼 사회에 진출하는 데 필요한 기반을 마련해주는 것에 최선을 다해야겠다고 다짐했다. 시간이 없다. 그의 나이 예순일 때 아이는 스무 살의 대학생, 일흔 살이 되어야 아들은 겨우 서른 살의 청년으로 자립할 시기가 된다는 걸 어린 아들을 볼 적마다 속으로 계산하곤 했다. 그 자신은 지금의 처지에서 어쩔 수 없다 하더라도 아들만은 사촌형제들의 자식들 못잖게 기르고 싶었다.

아들이 태어나고부터 생활에 임하는 정사용의 태도는 많이 달라졌다. 전처럼 우울한 감정에 빠져 일과 싸움이라도 하듯 땀을 흘리지도 않았고, 농장 사람들과 막걸리를 마시며 그들이 떠들어대는 하찮은 이야기에 귀를 기울이는 일도 점차 사라졌다. 또 아버지 산소 주위를 맴돌며 생각을 되풀이하는 일이라든지 꽃을 심고 산소를 다듬는 따위의 일도 뜸해졌다. 아내는 농장 사람들과 막걸리를 마시고 귀가한 후 퀴퀴한 냄새를 풍기는 정사용에게 싫은 소리를 퍼부어대곤 했는데, 자기의 그런 잔소리가 효력이 있나 보다고 생각했다.

아들과 더불어 소일을 하던 정사용이 어느 날 숙부 댁에 갔을 때였다. 집안 장식을 위해 새로 사들인 가구 중에서 평양에 있는 아내가 부모님으로부터 물려받은 감나무 이층장과 괴목 반닫이 같은 고가구가 정사용의 눈에 띄었다. 그는 한참 동안 얼이 빠진 사람처럼 고가구를 보았다. 눈여겨본 데는 이유가 있었다.

아내 최영실과 헤어지기 전날 밤, 감나무 이층장과 괴목 반닫이 앞에 부끄러움을 베어 물고 서 있던 달빛 어린 아내의 나신과 그 앞에서 이루어진 사랑 장면이 그의 눈앞에 펼쳐졌기 때문이었다.

202

다음날 정사용은 서울 시내에 있는 고가구 골동품점을 돌아다니며, 평양에 있는 아내의 장과 가장 비슷한 감나무 이층장과 괴목 반닫이를 샀다. 정사용은 그것을 응접실 한구석에 놓고 외롭거나 북의 가족이 못 견디게 그리워질 때마다 바라보았다. 그는 평양에 있는 가족의 사진한 장 가지고 있지 않았고, 설사 갖고 있다 하더라도 버젓이 내놓을 수도 없는 처지였다. 그러다 보니 한 쌍의 이층장과 반닫이를 보며 북쪽의 아내가 장들을 열심히 닦던 모습이나 이층장과 반닫이 앞에 서 있던 아내의 나신을 그려보는 수밖에 달리 도리가 없었다. 그의 새 아내는 응접실 한 모퉁이에 놓인 이층장과 반닫이를 정성껏 닦는 남편의 세심한 모습을 바라보며 신기해했다.

어느 날 저녁 정사용은 자신을 심문했던 정보부원 김경철이 해외 근무지에서 잠시 귀국했을 때 함께 정종 몇 잔을 곁들인 저녁을 먹고 한잔 더 하자며 그를 집으로 데려왔다. 그때 그의 아내가 손님에게 취한 태도는 너무나 무례했다. 민망스러울 정도로 쌀쌀맞아 손님이 몸 둘 바를 몰라했다. 남편에 대한 분명한 모욕이 아닐 수 없었다.

정사용은 손님이 돌아간 후 점잖게 아내를 타이르려고 했다. 그러나 아내가 수긍하지 않은 채 고래고래 악을 써대는 바람에 더 이상 아내와의 대화를 이어갈 수 없었다. 순간 정사용은 아내의 뺨을 향해 올라가던 오른손을 황급히 내리고 홀쩍 응접실로 나왔다. 물끄러미 이층장과 반닫이를 바라보다 그곳에 비친 자신을 보았다. 과거의 그와는 완전히 다르게 변한 현재의 자신이 보이는 듯했다. 평양에 있는 아내와 만나게 되더라도 어쩌면 그녀가 다시는 사랑할 수 없을 정도로 변해버린 자신의 모습이었다. 최영실을 만날 가능성이 없는 게 오히려 다행일지도 몰랐다.

그런 생각들 가운데 문득 하나의 아이디어가 스쳤다. 고가구와 관련된 장사를 하면 뭔가 될 성싶었다. 대구에서 보낸 중학 시절 영화 교환권과 극장표를 싼 값에 샀다가 영화관 앞에서 비싼 값으로 되팔아, 데리고 다니던 패거리들의 짜장면 값 등 활동 자금을 마련했던 일들이 기억났다. 그때가 새삼스럽게 그리웠다. 그가 거느리는 패거리였던 두 사촌형제들은 요즘 마치 늙은이처럼 굴었다. 옛날 왕초를 몰라보고 자기들끼리 골프 이야기만 지껄이다니…….

4.

정사용은 3톤짜리 짐차에 호마이카 옷장들이나 플라스틱 쌀통, 라디오 종류의 전자 제품을 싣고 경상도 쪽으로 향했다. 그는 김천에서부터 대구, 그리고 포항 사이의 조그마한 부락을 빠짐없이 돌면서 뒤주, 반닫이, 이층장 등을 눈에 띄는 대로 트럭에 싣고 다니던 물건과 교환했다. 주저하는 사람들에게는 값이 나가지 않는 라디오를 끼워주기도 했다. 교환한 물건들은 서울의 골동품상에다 약간의 이문을 붙여 쉽사리 처분할 수가 있었다.

김천과 대구 지방을 택한 이유는 그곳이 고가구 구입이 용이했기 때문이기도 하지만, 그것보다는 전우였던 성의식의 부인과 신준희의 어머니를 자주 찾아보고 그들에게 적으나마 경제적인 도움을 줄 수 있기 때문이었다. 또한 대구는 그의 고향으로 소중한 기억이 담긴 곳이었다. 그리고 포항까지 자주 갔던 이유는 어린 시절 포항 해변에서 아버지와 같이 보냈던 한여름의 추억을 회상하기를 즐겨했기 때문이다.

이렇듯 자신의 삶과 연관된 곳을 찾는 것도 큰 기쁨이었지만 시골 여행을 겸한 장사도 즐거웠으며, 또한 새 아내의 매서운 눈치를 보지 않아 좋았다.

그렇게 얼마쯤을 떠돌다 집에 돌아와 부쩍부쩍 자라는 아들을 보는 것만으로도 마음이 든든했다. 돈도 심심찮게 모을 수 있었으나, 아내가 미군들과 동거하는 여자들에게서 사들인 물건들을 되팔아 번 이익금에 견줄 바는 못 되었다.

　정사용이 고가구 장사를 해서 번 돈을 아내 앞에 자랑스럽게 내놓을 때면 아내는 '흥' 하고 콧방귀를 뀔 때도 종종 있었다. 그런 날은 기분이 우울해져 평양에 두고 온 아내 생각이 간절했으나 아들의 천진한 웃음을 대하면서 새 아내의 기분을 맞추어주려고 애썼다. 당장 큰돈을 버는 뾰족한 수가 없는 정사용은 빈정대는 말투가 그녀의 독특한 대화 방식이라고 대수롭지 않게 받아넘기려고 노력하곤 했다.

　그러나 마음 한구석에 우울함이 자리를 잡으면 주체할 수가 없었고, 자신의 남은 성질마저 변할까 두려움이 엄습해왔다. 그러나 이렇게 비굴해지는 자신을 평양의 아내가 볼 수 없는 한 크게 걱정할 일이 아니라고 자위했다. 적어도 평양의 아내가 기억하는 자신은 한 여자를 두려움 없이 진심으로 사랑했고, 한 여자로부터 헌신적인 사랑을 받을 가치가 있는 자신감이 넘치는 그런 남자였다.

때로는 평양의 아내를 향한 그리움이 가슴을 쥐어짜는 아픔으로 다가올 때가 있었다. 그러나 그보다 더 큰 아픔은 아들의 어머니를 사랑할 수 없다는 사실이었다. 정사용은 아들의 어머니를 사랑으로 행복하게 해줄 수 없었다. 아내 또한 그에게서 사랑을 갈망하는 것 같지 않았다. 돈을 많이 벌어다주는 것만이 아내를 기쁘게 하는 유일한 방법이었다. 이런 결론은 번민을 반복한 후에 얻어졌다. 그 후에는 한결 마음이 편안해졌다. 복잡했던 문제도 단순해 보였다. 돈 버는 일이 간단하게 보였다. 노력하는 만큼 돈은 들어오게 되어 있었고, 이유가 있으면 얼마든지 노력할 수 있다고 생각했다. 이제는 확실한 이유를 찾았으니 노력할 수 있을 것 같았다. 가장 어려운 것은 자존심을 버리는 노력이라는 것도 잘 알고 있었다.

정사용은 시간이 흐름에 따라 장사가 말처럼 쉬운 일은 아님을 실감했다. 물물교환을 하거나 현금을 지불하고 거둬온 고가구들을 대량으로 취급하다 보니 위탁판매를 하지 않으면 안 되었다. 힘들여 수금을 한 후 수지타산을 맞추어보면 그가 전력투구한 노력에 비해 그 대가는 너무나 적었다. 하지만 물건 자체에 매력을 느껴 그런대로 해나갔다.

하루는 상점들로부터 고가구를 있는 대로 사겠다는 연락이 왔다. 믿어지지 않아 여러 상점을 직접 찾아가 주인을 만나봤는데, 한결같이 값만 터무니없이 비싸지 않으면 거두는 물건 모두를 사주겠다는 것이었다. 상점 주인에게 술과 식사를 대접하면서 그 이유를 알아냈다. 이유인즉, 주식 공개 회사는 매 6개월마다 이익이 나야만 감리 포스트에 걸리지 않아 주가 하락을 방지할 수 있는데, 어느 재벌 회사는 회계연도 전·후반기가 끝날 때쯤 손실이 날 것 같으면 고가구를 대량으로 구입해서 현시가의 몇 배로 불려 미국 자회사로 수출함으로써 이익이 난 것처럼 위장한다는 것이었다. 고가구를 택한 이유는 다른 상품과는 달리 수출 가격이 일정치 않아 마음대로 상향조정할 수 있기 때문이었다. 수입을 한 한국 재벌회사의 미국 현지 법인은 물건을 제값을 받고 팔 목적은 없고 단지 창고에 적재했다가 일정한 시기가 지나면 막대한 손실을 감수하고 미국 시장에 처분해버린다는 것이었다. 고가구 매입의 목적이 장부상 흑자를 내는 것이므로 질에 상관없이 고가구 형태만 취하면 되었다.

이런 정보를 얻은 정사용은 오래된 가옥이 헐리는 마을을 다니며 서까래 등 옛날 목재를 닥치는 대로 구입했다. 그것을 원자재로 하여 고가구와 비슷하게 만들고, 산(酸)에다 담가 부식시킨 장식들을 부착해 겉보기에는 훌륭한 고가구로 둔갑을 시켰다. 어느 정도 대량생산이 가능해지자 정사용은 상점을 통한 납품을 중단하고 직접 구입 당사자인 재벌 회사의 수출 본부와 접촉했다. 구매를 담당하는 말단 직원에서부터 위로는 중역에게 뇌물로 상납하는 돈과 접대비가 엄청나게 들어갔다. 그렇더라도 그들은 다른 납품처에서 더 좋은 제안이 들어오면 눈 하나 깜짝 않고 공연히 상품의 질과 납품 시기에 트집을 잡곤 했다.

그런 식으로 얼마 동안 그들과 거래했다. 그러나 이익의 대부분이 구매 회사의 직원과 간부들에게 돌아간 꼴이었다. 그렇다고 그들을 무시하고는 장사를 계속할 수가 없었다. 정사용은 아무리 머리를 짜내도 달리 좋은 방법이 떠오르지 않았다. 오로지 가능한 길이라면 구매 회사의 사장이나 회장이 그의 뒤를 밀어주는 것밖에 없었다.

정사용은 숙부에게 가느다란 희망을 걸었다. 우연찮게 숙모로부터 숙부와 함께 마작을 하는 패거리 중에 바로 그가 거래하는 재벌 회사의 김 회장이 끼어 있다는 정보를 들었던 터였다. 그들이 최근 매주 수요일 벽제 농장에 모여 밤새 마작판을 벌인다는 소식이었다. 김 회장은 숙부의 정치자금과 선거구민의 취직처를 해결해주고, 반대로 숙부는 김 회장에게 정치적인 보호나 특혜를 제공해주는 관계인 듯했다. 김 회장 외에도 정부 고급 관리가 항상 끼었는데, 실제로 그러한 모임에서 김 회장이 사업하는 데 얼마나 도움을 받았는지는 잘 모르겠으나 주요 경제 정책이 발표되기 전 김 회장이 새벽같이 정치인 집으로 호출되는 것으로 보아 상호 이용이 비교적 신뢰 속에서 이루어지는 관계로 짐작되었다.

정사용은 얼마간 농장에서 일하겠다는 핑계로 만사를 제쳐놓고 여러 가지 자질구레한 심부름을 도맡아하며 드나들었다. 시내 요정에서 젊은 여자들을 데려와 일이 끝나면 집으로 데려다준다든가, 때로는 고급 관리들을 모셔오는 따위의 일이었다. 정희성도 비서를 시키는 것보다 조카가 그런 일을 해주는 걸 고마워하는 눈치였다.

그즈음 정사용은 사촌들의 모임에 일절 참석하지 않았다. 그들처럼 골프장에 드나드는 형편이 될 때까지는 어울리지 않기로 단단히 결심했기 때문이었다. 한 번 각오를 한 이상 목적을 달성하기 위해서는 어떤 수단도 동원할 마음의 준비가 되어 있었다. 그는 농장에서 벌이는 마작판에서 시중을 들면서 김 회장과 얼굴을 익혀놓았

다. 우스갯소리도 때맞춰 주절대 김 회장과 숙부를 웃기
곤 했다.

마작 외에 정희성의 다른 취미는 바다낚시였다. 주말
을 이용해 동해안으로 갈 때 마지못해 동행하는 김 회장
의 속마음을 읽기는 가히 어려운 일이 아니었다. 어느
주말 동해안 관광 호텔에 투숙한 김 회장 방에 젊은 여
자가 보내졌다. 정사용이 김 회장의 은밀한 부탁을 들어
서울에서 비행기로 여자를 데려와 김 회장 방에 들여보
냈던 것이다.

정사용은 그날 밤 내내 그런 뒷심부름이나 하는 자신
의 파렴치함에 시달렸으나, 그런 일이 있고 나서부터 김
회장은 숙부와의 낚시 여행을 의무감에서가 아니라 자진
동행하는 듯했다. 정사용은 계속해서 김 회장이 서울에
서 온 젊은 여자와 하룻밤을 지내도록 도와주었다. 여자
는 새벽녘에 숙부와 김 회장 일행이 낚싯배를 탄 후 호
텔을 빠져나오곤 했다.

그런 일이 진행되는 동안 정사용에게는 이상한 버릇이
생겼다. 동해안에 갔다 온 날이면 예외 없이 포장마차에
들러 만취가 되어서 귀가하는 것이었다. 어느 날 저녁
유난히 취한 상태에서 그는 그 포장마차에 들렀다. 그날
따라 정사용은 심한 자괴감에 빠져 있었다. 경상도 사투

리를 쓰는 60대 중반의 주인 여자가 비닐덮개를 걷어올
리며 들어오는 그를 미소로 맞이했다.

"눈이 풀릴 정도로 취했데이. 그냥 집에 들어가지 않
고 여기는 또 와 들리노?"

"아줌마가 그리워서 오지 않고는 못 배겨서 왔어요."

정사용이 자리에 앉으며 말했다. 주인은 시키지도 않
았는데 소주병을 그 앞에 놓았다.

"반병만 마시고 가소. 오늘 내 술값 받지 않을란다."

"반병만 마시고 가면 잠을 잘 수 없어요."

"와? 상사병이라도 걸렸는가베."

정사용이 술잔을 가득 채워 두 잔을 연거푸 입안에 털
어넣었다.

"아니에요. 외로워서 그래요…… 자본주의에서 살면
외로울 수밖에 없어요."

"벨소리 다 듣겠데이. 그라믄 공산주의에서 살면 외롭
지 않나?"

"공산주의에서 살면 지루해요. 사랑하는 사람이 없으
면 지루해서 못 살아요. 사랑하는 사람만 있으면 살 만
한 세상이에요. 아니, 아주 살기 좋은 세상이에요."

"내는 잘 모르지만도, 자꾸 공산주의, 자본주의 들먹
이지 마라. 누가 들을까 겁난다."

"……."

"그라고 사내가 눈물을 와 흘리노? 술 취하면 우는 버
릇, 나쁜 버릇 아이가. 무슨 나쁜 일 있었나?"

"아니에요. 내 신세가 한심해서 그래요."

"무슨 신센데 그라나?"

"뚜쟁이짓을 하는 신세요."

그날 이후에도 그는 종종 포장마차에 들렀다. 그날처
럼 심하지는 않았지만 그는 늘 지친 모습으로 포장마차
에 나타났다. 그러나 사업에 성공해보겠다는 그의 욕망
은 자고 나서 해가 뜨면 다시 살아났다.

정사용이 김 회장과 선약도 없이 그의 회사에 들러 허
튼 농담지거리를 할 정도까지 발전되는 데는 그리 오랜
시간이 걸리지 않았다. 김 회장도 항상 짐짓 엄숙한 표
정만을 지어야 하는 생활 속에서 잠시나마 겁 없는 젊은
친구가 하는 우스갯소리에 허물없이 웃어보는 여유가 싫
지 않은 듯했다. 싫지 않다기보다 그의 방문이 기다려지
는 편이었다.

정사용은 한 걸음 더 나아가 김 회장 부인에게도 접근
했다. 숙모를 통해 인사할 기회를 가진 뒤로는 김 회장
이 동해안의 낚시 여행에서 돌아온 날이면 한 번도 빠짐

없이 살아서 펄떡거리는 큰 도미나 농어를 부인의 친정
에 보냈다. 부인의 친정 부모가 도미나 농어회를 좋아한
다는 말을 귀담아들었던 것이다. 정사용이 잘 알려진 정
치인의 조카였기 때문에 상대방에서는 그의 호의를 거리
낌 없이 받아들였다.

김 회장 부인으로부터 특별한 신임을 얻게 된 또 다른
이유가 있었다. 동해안 낚시 여행을 자주 다니고부터는
김 회장의 잦은 외박이 사라진 것이다. 그동안 정사용은
낚시 여행을 다녀올 때면 부인을 만나 건강이라든가 건
전한 취미 생활을 위해서는 낚시가 그만이라고 그럴싸하
게 늘어놓곤 했다. 정사용은 지금 그 덕을 보고 있는 것
이다.

그가 김 회장 사무실을 자유롭게 출입하고부터, 회장
과 보통 관계가 아니라는 소문이 날개라도 달린 듯 사내
에 퍼져나갔다. 그러자 놀랍게도 고가구 납품 때마다 벌
리던 그 많은 손들이 눈 깜짝할 사이에 자취를 감추었
다. 다른 납품 업체와 터무니없는 경쟁을 시키던 중견
간부들은 오히려 그의 눈치를 살폈다. 이렇게 되니 일단
고가구 장사는 제대로 굴러갔다.

김 회장으로부터 낚아낸 다음 대어는 회사가 소유한
건물의 관리용역 건에 관한 일이었다. 정사용은 안팎으

로 인정받으면서 그 자리에 있던 한물간 퇴역 장성을 어렵지 않게 밀어낼 수 있었다. 김 회장 부인의 힘이 특히나 많은 도움이 되었다.

회사 건물 청소나 경비 수익도 짭짤했지만 실속은 건물에 출입하는 구두닦이들로부터 거둬들이는 돈이었다. 그냥 그대로 알짜로 떨어지는 그 몫이 대졸 초임의 20배가 넘는 액수였다. 회사 건물 지하에 버젓한 용역 회사 사무실을 차려 사장 행세를 하면서부터 정사용은 골프장에도 열심히 드나들었다. 김 회장에게도 그가 한 건물 안에 있으면서 언제라도 부르면 빠른 시간 내에 낚시터로 갈 수 있어 잘된 일이었다. 정사용은 바깥에 일을 보러 나와서도 기사를 시켜 30분마다 사무실로 전화를 걸게 하여 김 회장이 찾았는지 확인했다. 골프를 치다가도 김 회장이 찾는다는 연락을 받으면 중단하고 달려갔다. 두 사람은 상당한 나이 차이에도 불구하고 허물없는 사이가 되었다.

정사용은 또한 벼르고 있던 일을 해치웠다. 정사훈과 정사성을 골프장으로 불러내 골프 이야기만 지껄이던 그들의 코를 납작하게 뭉개버린 것이다. 사촌들이 다시는 제사나 일가가 모이는 자리에서 골프 이야기로 우쭐대지 못하리라고 속으로 고소해했다. 그런데 그렇게 열심히 골프장을 드나들던 정사용은 갑자기 골프장 출입을 끊었다. 김 회장이 골프를 치지 않았을 뿐 아니라 그에게도 역시 시간 낭비에 지나지 않았으며 그러한 사치스러움이 마음에 들지 않았던 것이다.

김 회장으로서도 친인척이 아닌 사람 가운데 믿을 만한 사람이 필요했다. 중소기업 육성이라는 정부 시책에 따라 반제품이나 부품을 제조하는 믿을 수 있는 하청업체가 계속해서 있어야 했던 것이다. 또한 점차 거액화되는 정치자금을 비공식적으로 염출할 원천도 있어야 했다. 김 회장에게 정사용은 이런 목적에 맞아떨어지는 사람이었다. 그래서 하청업체들을 선별해 정사용을 대표로 내세웠다. 실제로 자본금은 투입되지 않았고 명색만으로 불입 자본금을 책정한 후, 생산 설비를 구입하거나 원자재를 사들이며 실제 가격보다 불리고 남은 돈은 불입하지 않은 자본금으로 돌렸다. 하청업체와의 특수 관계나 과점 주주를 피하기 위해 당연히 대표인 정사용에게도 얼마간의 주식이 할당되었다. 실제로 자본금을 불입하지 않아 할당된 주식은 자연히 그의 소유가 되었다. 생산이 시작되면서 원·부자재 납품 회사로부터 가격을 올려준 영수증을 받고 그 차액을 따로 받아 대부분 김 회장의 활동비로 사용했다. 이러한 모든 비밀을 알게 된 이상 정사용은 함부로 할 수 없는 위치로 올라설 수밖에 없었다. 끝까지 공생공존하는 수밖에 없었다.

　김 회장의 비호 아래 정사용의 사업은 판로를 확대했을 뿐만 아니라 이문이 생기는 가격으로 거래되었다. 자연히 정사용이 대표로 있는 몇 개의 회사들은 놀라운 발전을 거듭했다. 비합법적으로 처리되는 경리상의 문제 발생에 대비해 정사용은 수사기관 요원들과 친목을 다져 놓는 일도 게을리하지 않았다. 때로 회사의 부조리를 빌미로 협박하려는 직원이나 거래업자는 수사 요원을 시켜 혼을 내주기도 했다. 김 회장은 정사용이 이런 문제들을 척척 해결하자 더욱더 그를 신임하게 되었다.

　한편 사업이 제대로 풀리면서부터 정사용의 아내는 엉뚱한 쪽으로 달라져갔다. 돈을 못 번다고 통박을 주던 아내가 이제는 재벌 마나님이 된 것처럼 굴어 전보다 더 눈뜨고 못 볼 지경이었다. 우스꽝스럽게도 주위 사람들에게 건방지게 굴었고 사치는 극에 달했다. 그러한 아내를 결코 사랑할 수는 없었지만 커가는 자식을 보아 그대로 두었다. 두 사람이 부부 관계로 한 집에 살다 보니 뜻밖의 결과를 가져왔다. 부부는 닮아간다는 세상 말이 들어맞았다.

아내가 쌍꺼풀 수술을 하고 들어온 날에는 정사용도 더는 참을 수 없어 소리를 버럭 질렀다. 자식이 옆방에서 듣고 있는 줄 알면서도 '이놈, 저놈' 악을 쓰며 박박 대드는 아내를 향해 상소리로 욕을 해댔다. 정사용은 처음에는 그런 자신의 모습이 어색했다. 그러나 차츰 시간이 흐르자 그러한 일들이 전혀 거부감 없이 몸에 배었다. 아내가 미군이랑 동거하는 여자들과 밤늦도록 화투판을 벌이는 집에 쫓아가 판을 뒤집어엎기도 했다.

이렇듯 참을 수 없는 일이 자주 생겼고 그때마다 정사용은 서슴없이 화를 냈다. 한번은 아내가 대낮에 카바레 출입을 한다는 동네 사람의 귀띔을 듣고는 손찌검을 하기도 했다. 그래도 아내는 달라진 게 없었다. 오히려 세상 여자들이 그렇다는 듯 그럴 수도 있는 여자의 수난쯤으로 여기는 듯했다.

그래도 정사용은 아내와 헤어진다는 생각만은 하지 않았다. 아들 생각은 뒤로 미루고라도 이북에 가족을 두고 이남에 와서 처녀장가까지 들었는데 또 이혼을 하면 천하에 못된 놈이라고 손가락질을 받을 것만 같았다. 그것이 싫었다.

그리고 무엇보다 숙부나 사촌형 등 집안 어른들이 적

잖이 실망할 게 두려웠다. 집안 어른들에게는 자신이 누구보다도 단란한 가정을 꾸려가는 척했고 또 친척들도 모두 그렇게들 알고 있었다. 무슨 일이 있어도 아버지와 어머니의 가슴에 박았던 못을 나이가 들어 또다시 집안 어른들의 가슴에다 박을 수는 없었다. 지하에 계신 부모님도 이 일만은 용서하지 않고 크게 노하실 것 같아 두려웠다.

정사용은 비록 자신의 가정생활이 그렇더라도 다른 행복한 가정을 부러워하지는 않았다. 그의 행복한 가정은 머릿속에 항상 존재하고 있었기 때문이었다.

새 아내와 한바탕 싸움을 하고 난 후 응접실에서 홀로 이층장과 반닫이를 물끄러미 보고 있으면 온통 찡그려졌던 얼굴이 펴지면서 미소가 떠올랐다. 달빛을 받으며 이층장 앞에 서 있던 최영실의 나신이 떠올랐다. 남편의 요구대로 쑥스러운 표정으로 서 있던 아내의 나신, 그리고 달빛과 쑥스러움이 뒤범벅이 된 채 오래도록 함께했던 이층장 앞에서의 황홀한 사랑 행위, 그러한 기억들이 그를 미소 짓게 했다.

5.

찌는 듯이 더운 어느 여름날 오후였다. 정사용은 냉방 장치가 잘된 사무실에서 창문을 통해 열탕 같은 도시를 느긋하게 내나보고 있었다. 그때 뜻하지 않은 손님이 찾아왔다. 정보부 대공 요원이었다. 그는 일본 영화 잡지를 펼쳐 보이며 어느 소녀의 사진을 가리켰다. 그리고 그 소녀가 당신의 딸이 아니냐고 물었다.

풋풋한 미소의 연꽃 같은 소녀를 유심히 보았다. 아내였다. 아니다. 아내를 쏙 빼박은 소녀였다. 정보요원은 사진의 여자가 얼마 전 체코에서 개최된 카를로비바리 국제영화제에서 특별상을 수상한 북한 영화의 주인공으로 금년 열일곱 살의 북한 여배우라고 했다. 정사용은 다시 한 번 사진을 들여다보았다. 여전히 아내의 모습이었다. 그러나 찬찬히 살펴보니 소녀의 미소는 아내의 꾸밈없는 미소와는 다른 훈련된 미소였다.

딸. 분명히 자신의 딸이리라. 정사용은 그녀가 자신의 딸이라는 것을 직감했다. 정보요원이 그의 확인을 기다렸다. 그러나 정사용은 고개를 가로저었다. 어쩌면 딸에게 해가 미칠지도 모른다. 이제는 이쪽에서 자신을 미끼로 딸을 포섭하려 들지도 모른다는 생각이 문득 들었다. 안 된다. 절대로 안 될 일이다. 그는 몸서리를 쳤다.

그 일로 인해 정사용에게 특별한 변화는 일어나지 않았다. 딸이 건재함을 안 이상 아내도 별일 없으리라 믿었다. 정사용은 북에 있는 가족들의 행복을 마음속으로 기원하며 그는 단지 하루하루의 생활에 몰두했다. 사업은 번창일로에 있었고 사촌형제들이나 일가 어른들은 물론 가족, 특히 평양에 있는 아내와 딸에게 자신의 능력을 증명하고 싶은 욕구로 가득 차 있었다. 얼마 동안 사업에 몰두하는 생활을 한 후 자신도 모르는 사이에 여유를 향유하는 방식도 자연히 터득했다.

사업차 간 술집에서 예쁘고 젊은 여자들과 농지거리를 섞고 그녀들이 매우 좋아하는 걸 볼 때의 기분도 괜찮았다. 고맙다는 뜻을 나타낼 때 백 마디의 말보다 돈으로 표시하는 방법이 효과적이라는 것도 터득했다. '돈은 인간의 발명품 중 가장 위대한 것'이라는 누군가의 이야기가 딱 맞아떨어지는 현실을 실감한 것이다.

사업이라는 새로운 분야와 생활에 파묻혀 자신의 모든 과거, 평양에 있는 아내와 딸을 까맣게 잊어버린 건 물론 아니었다. 정사용은 나름대로 피나는 노력을 해왔다. 이미 운명지어진 현실을 바꾸려고 아무리 발버둥쳐도 불가능한 일일 뿐 슬퍼한다고 무슨 도움이 되겠는가. 무기력하게 지난날을 회상하거나, 헤어져 있는 가족을 그리며 우울증에 빠진 자신을 싫어하게 될 뿐이었다. 북에 있는 가족도 그런 자신을 싫어할 것이고, 돌아가신 부모님은 특히 그럴 것 같았다.

그러나 그런 노력에도 한계가 있었다. 잠시라도 틈이 생기면 정사용의 마음은 삽시간에 공간을 날아 평양으로 갔다. 특히 새 아내와 한바탕 다투고 난 후에는 어느새 평양으로 날아가는 자신을 발견하곤 했다. 그럴 때마다 평양의 아파트 창가에서 아내 최영실과 함께 석양으로 붉게 물든 대동강을 바라보는 자신의 모습을 그려보았다. 그녀에게 씁쓸한 미소를 보내며, 새 아내를 가리켜 우리가 상대할 수 없는 이런 사람도 있다고 말했다.

정사용은 혼자 있을 때의 우울함을 보상이라도 하듯 여러 사람과 무턱대고 쾌활한 척 지껄였다. 우스갯소리도 들은 대로 써먹고, 쓸데없이 웃어대는 마음씨 좋은 아저씨 역할을 톡톡히 해냈다. 그러한 역할은 친구 앞에서, 친척이 모인 곳에서, 사업 동료와 함께…… 장소와 상대를 구별하지 않았다.

그러나…… 그러나 아무리 노력해도 어쩔 수 없을 때가 있었다. 쏟아지는 빗소리를 듣는 깊은 밤이면, 슬픔이 가슴을 짓눌러왔다. 빗소리에 놀라 깬 딸을 껴안고 날이 새기를 기다리는 최영실의 모습이 그의 눈앞에 어른거렸다. 그럴 때면 가슴을 천천히 짓누르는 슬픔보다 차라리 가슴을 찢는 아픔이기를 바랐다. 처음 얼마 동안은 술로 달래보려고 했으나 헛수고였다.

그런 주체할 수 없는 낮과 밤이 종종 있었으나 정사용은 자본주의 생활에 하루가 다르게 익숙해져갔다. 얼마 후 정사용은 거래처 방문이라는 핑계를 대고 해외여행을 해보라는 주위의 권고를 받아들였다. 그는 파리를 보고 싶었다. 그림에서만 보던 루브르 박물관에 전시된 모나리자 앞에 서고 싶었다. 무의식적으로 모나리자와 평양의 최영실을 동일시하고 있었는지도 모른다.

6.

첫 번째로 하는 해외여행에는 누구나 흥분하게 마련이라 정사용도 예외는 아니었다. 명분이 해외 거래처 방문이지, 단순한 해외여행인데도 공항에 환송 나온 회사 직원들의 모습에 어깨가 우쭐했다. 정사용은 취항한 지 얼마 안 되는 대한항공 비행기를 택했다. 구름 위를 나는 기분이 새로웠다. 창밖으로 보이는 날개 위에 그려진 태극형의 로고가 자랑스러웠다.

피난 열차처럼 승객으로 꽉 찬 뒤쪽의 2등칸은 커튼으

로 구분되어 있었다. 고급스러운 일등석에 앉은 정사용은 자본주의 체제에서 성공을 거둔 것 같아 만족스러웠다. 앞으로 남은 인생도 고급일 걸로 믿었다. 재력이 곧 계급인 사회에서 살고 있기 때문이었다. 그것도 하급층 사람들의 반발이 없는 한 가히 나쁜 제도는 아닌 듯싶었다. 한 가지 놀라운 일은 재력에 의해서 하급층으로 취급받는 사람들이 그다지 저항감을 갖지 않고 마치 자기들의 타고난 운명으로 받아들이는 그 태도였다.

여성 승무원들의 상냥한 미소가 좋았다. 마음씨 좋고 쾌활한 성격을 가진 아저씨로만 행세하면 어떤 여자든 그에게 호감을 가지는 것 같았다. 정사용은 예쁜 승무원에게 농담을 걸었다. 그녀의 꾸민 듯한 미소가 서울에 있는 아내 얼굴과 겹쳐져 들뜬 기분을 망가뜨렸다.

샤를드골 공항에 첫발을 내딛자 새로운 흥분이 그를 휩쌌다. 자신이 나폴레옹의 나라에 왔다니 너무나 놀라웠다. 여행사 직원이 알려준 대로 달러를 프랑으로 환전했다. 장난감 돈과 같은 프랑스 지폐를 받아들었다. 예술의 나라답게 지폐에 그려진 인물도 중세기 화가의 얼굴이었다. 그러나 그에게 프랑스는 역시 나폴레옹의 나라였다. 그는 개선하는 나폴레옹이 된 것 같은 기분이 들어 어깨가 으쓱해졌다.

택시를 타고 예약해놓은 에펠탑 근처의 힐튼호텔에 들었다. 택시 창밖으로 비친 에펠탑은 상상보다 훨씬 규모가 컸다. 눈에 보이는 하나하나가 모두 역사의 한 장면이었다. 곧바로 호텔을 나와 아침 햇살이 비치는 파리 거리를 걸었다. 에펠탑 옆으로 흐르는 센 강의 폭은 상상보다 좁았다.

그는 강변을 따라 지도를 보며 개선문 쪽으로 갔다. 파리 점령 후 나치 군인들이 개선문을 지나 행진하는 모습이 연상되었다. 샹젤리제 거리가 끝나면서 멀리 루브르 박물관이 점잖게 앉아 있었다.

얼마를 걷다가 소련 항공사인 아에로플로트 사무실의 긴 유리벽을 지나쳤다. 그 순간 왠지 모르게 섬뜩함을 느꼈다. 그는 뛰는 듯 앞에 보이는 루브르 박물관으로 향했다.

정사용은 루브르 박물관 안에서 우연히 낯익은 동양인 여성과 마주쳤을 때의 그 기쁨을 말로 표현할 수가 없었다. 참으로 우연이었다. 자신과 최영실이 결합하는 데 결정적인 역할을 했던 리정선을 만난 것이었다. 그녀의 놀라움도 컸다. 그들은 마치 서로 유령을 본 듯 멍청히 바라만 보고 있다가 반갑게 손을 맞잡았다.

곧이어 그녀의 얼굴에 두려워하는 빛이 역력히 드러났다. 둘은 잠시 동안 루브르 박물관 내의 관람객들 사이에 묻혔다.

"다시 보니 반가워요."

리정선이 주위를 두리번거리며 낮은 목소리로 말했다.

"이곳엔 어떻게?"

"남편이 이곳 대사관에 근무해요."

"제 아내는 잘 있나요?"

정사용이 다급히 물었다.

그녀가 힐끔 주위를 살폈다.

"잘 있어요."

"지숙이는?"

"위대한 배우가 될 자질이 있어요. 지난번 체코 카를로비바리 국제영화제에서 특별상을 수상한 영화에 주인공으로 출연했지요."

"지난번 일본 잡지에서 본 게 사실이군요."

그들은 열 발자국쯤 아무 말 없이 느리게 걸었다.

"어떻게 이곳에?"

리정선이 물었다.

"사업차……."

정사용이 어깨를 으쓱하며 말했다.

"형편 좋으시군요. 가족을 그렇게 만들어놓고서……."

리정선의 빈정대는 말투에 독소가 배어 있었다.

"가족이 어떻게 됐는데요?"

"영실이는 소도구실에서 고생하고……."

"무대에는 안 섭니까?"

"물론이지요. 그리고……."

그녀는 무슨 말을 하려다 그만두었다.

"그리고 무슨 일이?"

"조감독 놈이 사회안전부에 가서 영실이를 계속 괴롭히고……."

그는 숨이 막혀오고 눈이 침침해져 앞이 보이지 않았다.

"당에서 저를 변절자로 알고 있나요?"

정사용이 다급히 물었다.

"아마 당에서는 작전에 실패해 죽은 줄로 알고 있을 거예요."

"그럼 당에서 영실이를 왜 그렇게 취급하나요?"

"임무를 완수하지 못했으니까요."

"지숙이는?"

"지금은 괜찮아요. 그렇지만 아버지가 성공한 사업가로 살아 있다는 것이 알려지면 지숙이의 장래도 위험할 거예요."

"내가 할 수 있는 일은 없을까요? ……무슨 일이든
지……."

"글쎄요……."

그렇게 말한 후 그녀는 벽에 걸린 그림을 가까이서 보
려는 듯이 안경을 벗어 들었다. 그녀가 다시 가까이 왔
을 때 정사용이 속삭이듯 말했다.

"다시 만날 수 있을까요?"

"내일 평양으로 가요. 영화 촬영 건 때문에……."

"언제 다시 와요?"

"금년 말쯤에나……."

"그때 파리에서 만날 수 없을까요?"

한참 말없이 출구까지 걷다 그녀를 찾는 듯한 사람이
보이자 그녀는 서둘러 말했다.

"내년 1월 7일. 여기 모나리자 앞에서, 12시 정각."

그녀는 출구 쪽으로 총총히 걸어갔다.

정사용은 박물관 내에 북적대는 관람객 틈으로 급히
빠져나가는 리정선의 뒷모습을 얼빠진 사람처럼 멍청히
서서 바라보았다. 숨이 막힐 것 같았다. 한숨이 목에서
신음이 되어 흘러나왔다. 정사용은 매우 중요한 것이 생
각난 듯 미친 사람처럼 군중 속을 헤치고 출구로 뛰어나

갔다.

택시를 탄 정사용은 뒷좌석에 기대어 눈을 감았다. 상처받은 맹수와 같은 신음 소리가 새어나왔다. 호텔로 돌아와 계단을 이용해 방으로 뛰어 올라갔다. 몸 전체가 벌레로 변하는 것 같은 착각이 들었다. 벌레의 온몸에서 볼썽사나운 털이 돋아나는 듯했다. 그것이 징그러워 상체를 미친 듯이 긁어댔다.

정사용은 방 안에 들어서자 누구에게 쫓기는 듯 얼른 문을 닫고 그 문에 기대섰다. 서 있을 힘조차 없어 다리를 뻗고 주저앉았다. 그러다가 자신이 정말로 털이 난 벌레가 되었을지도 모른다는 생각이 들었다. 몸을 내려다보니 털이 나지는 않았다. 얼굴을 만져보니 전과 다름이 없었다. 그러나 아직도 안심할 수 없어 욕실로 가 거울에 얼굴을 비춰보았다.

그곳에는 벌레보다 더 몹쓸, 벌레보다 더 징그러운 비참한 한 인간이 있었다. 그 인간은 자기에게 일생을 바친 아내와 딸을 완전히 잊어버린 채 달콤한 자본주의의 특별대우와 일신의 물질적인 안일함을 택한 벌레보다 못한 인간이었다. 그 인간은 가족을 마치 훔친 명화인 양 금고 깊숙이 숨겨두고 잊고 있다가 자신이 원할 때만 몰래 꺼내 보고는 다시 금고 속으로 처넣는 인간의 탈을 쓴 벌레였다.

그는 상처받은 맹수가 숨이 끊기기 전과 같이 울부짖으며 손에 잡힌 유리컵을 거울을 향해 힘껏 던졌다. 깨이진 거울 속에서 그 인간은 여전히 비굴한 표정을 짓고 있었다.

저주스러운 눈으로 한참 동안 깨어진 거울을 뚫어지게 보던 정사용은 마음속으로 복수를 결심했다. 어떠한 일이 있더라도 가족을 잊었던 잘못에 대한 정당한 대가로 자신에게 세상에서 가장 참혹한 고통을 주겠다고, 속으로 울부짖었다.

(하권에서 계속)

한국문학사 작은책 시리즈 6

정보원 (상)

초판 1쇄 인쇄 2016년 7월 5일
초판 1쇄 발행 2016년 7월 15일

지은이 홍상화
펴낸이 홍정완
펴낸곳 한국문학사

편집 이은영 홍주완 배성은
영업 한충희
관리 황아롱
디자인 심현영

04151 서울시 마포구 독막로 281(대흥동) 한국문학빌딩 5층

전화 706-8541~3(편집부), 706-8545(영업부) | **팩스** 706-8544
이메일 hkmh73@hanmail.net
블로그 http://blog.naver.com/hkmh1973
출판등록 1979년 8월 3일 제300-1979-24호

ISBN 978-89-87527-50-5 04810
        978-89-87527-52-9 (세트)